LA SAINTE TOUCHE

Né en 1986, Djamel Cherigui est épicier à Roubaix. Passionné de littérature, de peinture et de musique baroque, collectionneur de livres anciens, il publie *La Sainte Touche* en 2021 et *Le Balato* en 2022.

DJAMEL CHERIGUI

La Sainte Touche

ROMAN

JC LATTÈS

© Éditions Jean-Claude Lattès, 2021.
ISBN : 978-2-253-10668-5 – 1re publication LGF

À Noémie Vandaele

À Pieter Bruegel dit « l'Ancien »

« L'argent qu'on possède est l'instrument de la liberté ; celui qu'on pourchasse est celui de la servitude. »

Jean-Jacques ROUSSEAU

« Tout corps persévère dans l'état de repos ou de mouvement uniforme en ligne droite dans lequel il se trouve, à moins que quelque force n'agisse sur lui, et ne le contraigne à changer d'état. »

Isaac NEWTON

1

Des mecs comme Alain Basile, j'peux vous le certifier, on n'en croise pas tous les jours. Et pas à tous les coins de rue.

C'est dans son épicerie, La Belle Saison, que j'ai fait sa connaissance. Alain Basile, faut le préciser direct, n'avait absolument rien de commun avec les traditionnels épiciers de banlieue, ceux en blouse blanche, toujours souriants, avec la moustache bien taillée et le crayon coincé derrière l'oreille. Alain, c'était un mec à part, un genre de spécimen rare, un genre en voie d'extinction.

À la base, Alain et moi, on n'avait pas grand-chose en commun. Quand on s'est rencontrés, j'étais totalement à la dérive. Au fond du gouffre. Ça faisait un moment que je traînais d'une ville à l'autre, à la recherche d'un endroit tranquille où me poser. Je n'avais pas mangé ni dormi correctement depuis plusieurs semaines. Si je vagabondais dans les rues, comme ça, tout puant et recouvert de crasse, c'est parce que je venais de me tirer de chez mon daron. Enfin, disons plutôt que c'est lui qui m'avait foutu dehors. Peu importe. Entre mon vieux et moi, c'était devenu invivable. On se dégoûtait l'un l'autre. Plus moyen d'se comprendre. Un peu comme deux musiciens qui joueraient sur la même scène mais avec deux partitions différentes. Au fond, c'qu'il aurait voulu, c'était que je mûrisse un peu, que je devienne enfin adulte. Que j'me trouve un job, et que j'fonde une famille. Un putain d'avenir miteux. J'ai préféré mettre les voiles. J'avais cru qu'en me barrant tout serait plus facile, que la vie s'offrirait à moi, qu'elle me donnerait ce qu'il y avait de plus bandant en elle. Et tout ce que j'avais récolté jusque-là, c'était un fond de poubelle pour bouffer et un bout de trottoir pour pioncer. La vie bohème, c'est pas comme dans les comédies musicales. Y a rien de romantique là-dedans. Tout le temps que j'ai zoné dans la rue, j'ai vu ni peintre ni poète. Pas d'ateliers d'artiste avec des lilas jusque sous les fenêtres. Que des caves humides et des bouches de métro. Des squats délabrés. Clochards, toxicos, et punks à chien. Gueules tordues et regards glacés. Des mecs qui t'écorcheraient vif pour un bifton de cinq balles. Rien de ce que j'avais imaginé. Putain de désillusion.

Alain, lui, c'était différent. La bohème, il en avait rien à foutre, son grand rêve, c'était de devenir millionnaire. Le moins qu'on puisse dire c'est qu'il avait les dents aiguisées à force de rayer le bitume. Il aurait, sans problème, fumé la moitié de la planète pour une liasse de billets.

Bref, j'avais fini par échouer dans une piaule, juste au-dessus de son épicerie. En sus de sa boutique, Alain était l'heureux propriétaire de deux petits immeubles de rapport. Il donnait également dans la contrefaçon de cigarettes, un peu dans le recel, pas mal dans le prêt usurier, et massivement dans le deal d'herbe. Sans compter les petits trafics intermittents, ceux qui se pointaient au gré du vent, à la faveur des occasions, les coups d'un jour en somme. Tout un programme.

Faut préciser que gérer tous ses business, c'était pas vraiment de tout repos. Ça demandait des nerfs d'acier escortés d'une détermination sans faille. Fallait qu'il soit sans cesse sur ses gardes. Quand vous avez un peu de fric là où personne n'en a, vous devenez vite une cible, et les autres n'ont alors plus qu'une idée en tête : vous entuber bien profond. Alain le savait parfaitement et c'est pour ça qu'il était toujours si méfiant, si aigri. Quand je l'ai connu, il fumait deux paquets de clopes par jour. Et comme tous les sales vices, ça n'allait pas en diminuant. En y repensant, j'crois bien qu'j'l'ai jamais vu serein, y avait toujours un connard pour le pousser à l'exaspération, toujours un plan qui foirait et qui le faisait sortir de ses gonds. Sa pire hantise, à Alain, c'était les retards de paiement. Ça le rendait complètement dingo. Sur ce sujet, il était intraitable, il ne laissait rien passer, pas le moindre écart, pas le moindre centime, rien… « Le compte, c'est le compte. Si on laisse le bateau pisser, on peut être sûr que dans deux mois il aura tout entier pris l'eau ! » C'est lui qui disait ça…

C'est en l'accompagnant en tournée que j'ai pu l'observer dans toute sa splendeur… La tournée des locataires, c'était une véritable expédition. Ça se passait le 5 du mois, quand les gens avaient touché. On s'activait tôt le matin pour ça, et croyez-moi, ce n'était pas une partie de plaisir... Fallait faire, une par une, le tour des piaules... Vérifier que les mecs étaient encore en vie, puis, s'ils l'étaient, examiner le studio, voir s'ils avaient pas foutu le feu à la cuisine ou démoli les murs du salon, ensuite, fallait encore écouter leurs salades, se farcir leurs affreuses plaintes, supporter leurs infinies jérémiades à propos des éviers qui se bouchent ou des douches qui fuient, et enfin, pour terminer, le plus important : s'assurer qu'ils passent bien à la caisse. Et c'était justement là que ça coinçait souvent. Y avait régulièrement des récalcitrants, des blaireaux qui se croyaient plus malins que le système, des inconscients qui pensaient pouvoir se loger à l'œil. Alain Basile, dans ces cas-là, il faisait pas dans la dentelle. Il avait développé sa propre technique pour faire cracher les mauvais payeurs. Pas très fin mais ça marchait à coup sûr. D'une main, il chopait le mec au collet, et de l'autre, il distribuait des baffes. Simple et efficace. Après cette brutale négociation, le locataire n'avait pas d'autre choix que de s'acquitter prestement de sa dette.

Parfois, les mecs étaient vraiment trop fauchés pour rincer. Alors là, c'était expéditif... Ils se faisaient expulser du studio, manu militari, à coups de pompe dans le cul. Y en a bien qui ont essayé, entre deux gifles, de réclamer un délai, une grâce, une exception. Ils tentaient de nous apitoyer avec leurs enfants malades, leurs jobs qu'ils comptaient bientôt retrouver ou leurs virements qui tomberaient incessamment sous peu... Y en a même qui ont osé évoquer la trêve hivernale. Mais rien n'y faisait, c'était peine perdue. Alain, il n'admettait pas la discussion, il connaissait qu'une règle : tu payes ou tu dégages. Degré zéro de l'empathie.

On n'est pas devenus directement potes Alain et moi. Ça s'est pas fait en six jours, comme la création. Non. Ça a pris beaucoup plus de temps. Le temps que les affinités se créent, que la mayonnaise prenne. Un jour, on fait la connaissance d'une personne, et alors, sans même s'en apercevoir, on s'met à tourner autour d'elle, comme la Terre autour du Soleil. En orbite. Les événements de la vie sont comme les raz-de-marée, ils nous déferlent dessus et tout ce qu'on peut faire, c'est tenter de garder la tête hors de l'eau.

Accuser Alain Basile d'avoir chamboulé mon existence reviendrait à reprocher au Vésuve d'avoir carbonisé Pompéi. Y a pas d'explication à ça. C'est dans l'ordre des choses. Putain de fatalité. Au départ, j'étais juste un locataire de plus, un pauvre clampin qui squattait dans un studio au-dessus de son épicerie, en attendant de trouver mieux. À bien y réfléchir, on squatte tous quelque part en attendant de trouver mieux. Mais pour trouver faut chercher, et chercher ça demande du courage. Et le courage, ça a jamais été mon point fort.

2

Un beau matin, environ un mois après mon installation, alors que j'étais couché sur le plumard à me demander si la vie valait la peine d'être vécue, Alain Basile a débarqué dans ma piaule, sans même frapper à la porte.

— Eh, salut l'ami, ça va ? Alors, tu te plais ici ? Y t'convient ton petit Versailles ?

— Ouais, ouais... j'lui réponds, ça va, ça va...

Il s'est mis à zieuter un peu partout. Il pistait la turne de haut en bas, dans la cuisine, dans l'salon, comme ça, à gauche, à droite, l'air de rien, en sifflotant...

— Ah ! C'est bien ça ! y m'fait. T'as pas déjà tout défoncé ! De temps en temps, j'dois faire une p'tite visite surprise. C'est pas contre toi hein, tu piges ? Avec tous les dégénérés que j'me coltine, je suis obligé, ça fait partie du job...

— J'comprends, j'comprends...

Et en effet, je comprenais : on était le 5, jour de récolte des loyers...

— Tu sais pourquoi je suis là ? T'as pensé à moi ?

— L'argent est sur la table, t'as qu'à te servir...

J'voulais pas m'bouger. J'avais qu'une envie, c'est qu'il prenne ses thunes et qu'il se barre. Il s'est dirigé vers la table en mauvais bois, s'est saisi du pognon, l'a compté à une vitesse folle (330 euros), puis il a fourré la liasse dans sa poche.

— Aïe, l'artiste, tu déconnes déjà. Il manque 100 balles là, c'est pas sérieux, ça.

— Ah bon. T'es sûr ? J'ai pourtant vérifié plusieurs fois. Recompte un coup, voir, t'as certainement fait une erreur.

— Je fais jamais d'erreur avec l'oseille. Si j'dis qu'y a un blème c'est qu'y a un blème.

— Ah merde ! Je comprends pas Alain. Je pensais que le loyer était de 330 euros.

— Ouais 330 euros, sans les charges.

— Les charges ?

— Ouais les charges… Nettoyage des parties communes, entretien et conservation de l'immeuble, frais liés à la maintenance… C'est pas gratuit tout ça, mon pote.

J'étais scié. Je me demandais bien de quel nettoyage il parlait. Les couloirs étaient dégueulasses. Quand on marchait, nos pieds soulevaient tellement de poussière que ça brûlait les yeux. On avait l'impression d'avancer sur du sable. Manquait plus que les palmiers et les transats et on se serait cru en bord de plage. Plusieurs fois j'ai failli me briser la nuque en glissant sur des mégots ou des cannettes de bière vides. Pareil pour les escaliers. Une marche sur deux était bousillée, y avait des trous énormes, c'était une véritable galère pour grimper à l'étage. En plus de ça, y avait qu'une seule ampoule qui fonctionnait pour tout le bâtiment. Fallait toujours faire gaffe, surtout la nuit, quand j'avais un petit coup dans le nez.

J'étais à deux doigts de lui dire c'que j'en pensais de la maintenance de son bâtiment, mais finalement, j'me suis ravisé.

— Désolé Alain... J'sais pas quoi te dire... Tout le pognon que j'avais est entre tes mains, j'ai plus un rond.

— Bon, écoute, qu'il me dit en tapotant ses doigts contre la table, je vais réfléchir à une solution. Je suis sûr qu'on trouvera un moyen de s'arranger. Je repasserai demain et on reparlera... On peut toujours trouver un terrain d'entente... Suffit juste que chacun y mette du sien.

— Oui, oui, j'ai répondu... Y a toujours une solution.

Alors qu'il s'apprêtait à se tirer, Alain a remarqué, posé à côté d'une bouteille de Poliakov dont je venais de siffler les trois quarts, un petit bout de papier sur lequel j'avais griffonné quelques idées.

— C'est quoi ça ? il me demande.

Je ne voyais pas très bien. J'étais encore allongé, tout brumeux, dans les vapes. Je n'avais qu'une envie, c'est qu'il s'arrache de là et me laisse planer tranquille, profiter en paix de ma défonce. En plus de ça, je le trouvais gonflé de fouiller dans mes affaires. J'ai toujours détesté les sans-gêne. Du coup, j'ai fait semblant de rien, je n'ai pas décroché du plafond. Il ne s'est pas refréné pour autant... Il a coincé le feuillet entre ses doigts, tendu le bras, courbé la tête, plissé les yeux et lu à voix haute :

On dit souvent que trop de trop tue le trop. Par exemple en cuisine : trop de sel tue le sel, ou trop de chocolat tue le chocolat. Cela fonctionne également dans les sentiments : trop de passion tue la passion, ou encore trop de jalousie tue la jalousie. Cette assertion, valable dans une majorité de cas, est néanmoins fausse lorsqu'elle concerne l'inhumanité. Qui peut prétendre que trop d'inhumanité tue l'inhumanité ? Au contraire, trop d'inhumanité tue l'humanité.

Il a froissé le Post-it, et l'a jeté sur le balatum crasseux.

— Ça veut dire quoi cette daube ? J'ai rien capté !

Je ne pouvais pas trop le contredire... C'était effectivement de la daube. On s'en rend toujours mieux compte quand c'est lu de vive voix.

— C'est un aphorisme... j'lui ai répondu.

— Un aforizme ?

— Une idée philosophique énoncée avec style.

— Et ça sert à quoi ?

— À rien.

— Et tu vas en faire quoi ? Pourquoi t'as écrit ça ?

— Je l'ai écrit pour le mettre dans mon livre d'aphorismes. Un gros livre rempli de petits textes. Bientôt, j'aurai terminé de l'écrire.

— Ah ouais ! C'est bien, ça... Et t'en as déjà écrit beaucoup des « aforizmes », pour ton livre ?

— Bah... Celui-ci...

3

Quelques minutes après le départ d'Alain, j'entends un raffut monstre dans le couloir. Ça hurle, ça cogne, ça tremble... Toute la cambuse se met à secouer... les murs branlent, les escaliers grincent, le sol craque.

Je perçois des grognements, puis des cris aigus comme des aboiements de caniche.

J'me lève à toute blinde pour voir ce qu'il se passe, je fous, comme ça, ma tête dans l'entrebâillement. Le bordel avait lieu sur le même palier que ma piaule, juste à côté des toilettes communes. Alain avait chopé un mec par le colback... Les pieds du gonze ne touchaient plus le sol. Faut une sacrée force, ai-je pensé, pour soulever une armoire pareille. Ce n'était pas vraiment un poids plume le gadjo ! Ses bras étaient couverts de tatouages : des cœurs transpercés, des têtes de Maures, des roses fanées. Ça devait être un ancien légionnaire roumain ou un truc dans le genre. Apparemment, la lévitation ça le ravissait pas trop... Il était tout en furie, il crachait des postillons énormes. Il faisait tout ce qu'il pouvait pour se dégager, il se débattait, braillait comme un psychopathe :

— *Nenorocitul ! Nenorocitul ! Fiu de câtea ! Fiu de câtea !*

Je n'ai jamais su ce que ça voulait dire...

Alain, ça ne l'effrayait pas du tout ce cirque. Il ne tanguait pas d'un pouce, il gardait le type en main, bien fermement. Nous autres, locataires, on n'osait pas trop intervenir. Fallait être timbré pour s'interposer dans une telle pétarade... On était plutôt voyeurs à vrai dire. On ne perdait rien du spectacle. Y en avait même qui beuglaient, qui dansaient, d'autres qu'applaudissaient. C'était une bonne occasion d'se marrer en somme, un vrai moment de distraction et, dans nos vies pourries, y en avait pas tant qu'ça.

Nos ovations ont sûrement ragaillardi Alain, parce que c'est à ce moment-là qu'il a fait tomber l'averse : une cataracte de torgnoles... En plein la tronche du Roumain. La tête du pauv' gars valsait dans tous les sens. Il s'est mis à gémir comme une gonzesse, j'ai reconnu les couinements aigus, ceux qui faisaient caniche. Alain s'est arrêté, un petit moment, histoire d'allumer une clope... Avec toujours le mec au bout du bras. Il maîtrisait vraiment la technique. Quand il en a eu marre, il a assommé le légionnaire d'une terrible beigne, puis il l'a projeté contre une vieille commode en teck. Le blaireau s'est littéralement encastré dedans. Y a pas à dire, Alain s'y connaissait en baston. C'était indéniablement son truc.

Le légionnaire évacué, on est restés entre locataires à discuter de choses et d'autres, et bien sûr à commenter l'altercation. Y flottait dans l'air une ambiance un peu euphorique. Contempler un mec qui s'fait cogner, ça provoque toujours de l'enthousiasme.

On était alors quatre à se partager le couloir. Y avait Manu, un amateur de poudre afghane d'origine espagnole ou portugaise, je sais plus trop. Vanessa, un transsexuel brésilien accro au sucre glace bolivien et qui tapinait à l'occasion, c'est-à-dire dès qu'elle n'avait plus rien à sniffer... C'est elle qui s'était mise à danser et à beugler pendant que l'autre se faisait agonir. Elle devait sûrement être défoncée.

Y avait aussi Thierry, un ancien qu'avait fait l'Algérie. Lui, Thierry, il ne s'exprimait pas bézef. Il faisait juste des bruits avec sa bouche. Comme ça : *tac tac... tac tac tac... tac... tac tac...* On se disait que ça devait être le bruit de la mitraille, ou peut-être celui du langage morse.

De temps en temps, quand il n'était pas trop cuit, il parvenait quand même à cracher une phrase à peu près tenable. C'était souvent la même :

— On *tac tac* vous a *tac tac* rendu *tac tac tac* l'Algérie *tac tac* rendez-nous *tac tac tac* la France...

Moi, il me faisait plutôt rire. Plusieurs fois, je lui ai taxé du tabac quand j'étais en rade, il n'a jamais refusé. C'était vraiment un bon.

On était tous les quatre dans un drôle d'état. Vraiment pas beaux à voir. Affreux, même. Dans notre piteux corridor. Tous en guenilles, salement saouls, à la limite du dégueulasse. Quatre clampins, rebuts de la société, âmes damnées, perdants de la mondialisation. On était là, à supputer le nombre de claques qu'avait bien pu se manger le légionnaire (soixante ?

soixante-quinze ? ça oscillait…) quand on s'est soudain rendu compte qu'il faisait atrocement chaud et qu'on avait vraiment très soif. La discussion nous avait sévèrement séché la gorge. C'était la Namibie dans les gosiers. Alors, on a décrété, d'un commun accord, qu'il fallait vite y remédier, que sans gnôle, ça n'était pas vivable. On a tous vidé nos poches : 3,40 euros au total ! Que de la ferraille ! C'était la panade, la douche froide, on venait de toucher et on était déjà à sec. Mais d'un coup, y a Manu qu'a percuté :

— Ah ! Merde ! Merde ! Putain ! Bordel ! Pourquoi qu'on n'y a pas pensé plus tôt ! Le légionnaire… Bordel ! Le légionnaire… Bordel de bordel de merde ! Il a bien dû laisser de la picole ! Y doit bien y avoir un fond de bibine qui traînasse quelque part !

Quelle bonne idée ! Lumineuse même… Fabuleuse ! Exceptionnelle ! Fantastique ! On a tous acquiescé. Ni une ni deux, il a foncé chez le Roumain et flanqué un coup de savate dans la porte, mais la garce n'a pas bougé.

— Ah, la misère ! Merde ! Ah, le bâtard ! Ah, le pourri !

Manu n'en revenait pas… Alain avait bouclé la lourde. Malgré tout le chambardement, il y avait pensé. Sérieux et efficace. Même en plein grabuge. C'est à ce genre de détail qu'on reconnaît les hommes d'affaires…

Manu, il se débine pas pour autant… Il décoche un terrible coup de boule contre la porte. Le verrou résiste. Putain de serrure à trois points. Je le vois qui s'énerve, qui s'excite… Il veut à tout prix la faire péter. Il cogne de toutes ses forces. Il tente d'arracher les montants, il les agrippe avec ses chicots, il déchire, comme ça, des bouts entiers de charpente. Il s'attaque ensuite à la poignée. Toujours avec la mâchoire. J'entends ses dents rayer le métal, il veut la bouffer, la croquer, la déchiqueter. Il veut tout anéantir : barillet, serrure, encadrement, bâti… Tout ! « Y a de la tise là-dedans ! Je le sens, je le sens… Bande d'enfoirés, raclures de saloperies de merde… Je le sens que je vous dis ! » Voilà comment il nous cause. Il est tout en nage, il transpire des rigoles, on lui voit plus la face.

La porte se laisse pas faire… Elle se défend, pare, rend les coups. Il s'acharne quand même. Il s'arrime, lutte, se fracasse dedans… Il culbute sur les montants, s'empêtre dans les assemblages, disparaît sous la menuiserie. Il en ressort couvert d'échardes, il est en furie, il a le démon, il devient branque… Il se reconnaît plus, il divague sec, il parle une langue qu'on connaît pas. Y a que le vieux Thierry qui comprend, qui lui répond même, comme ça, en bavant, avec ses *tac tac tac*…

Finalement, il en est venu à bout… Ça a bien duré vingt minutes son cinéma. Le couloir n'est plus qu'un champ de ruines. La porte est fendue, pliée, rapetissée, émiettée. Il n'en reste plus rien. Totalement annihilée ! Faut dire que l'Manu c'est un genre de colosse…

Dans la chambre du Roumain, on l'entend qui fouille, qui cherche, qui prospecte. Y a des tiroirs qui s'ouvrent, d'autres qui se ferment, des placards qui claquent, des bruits de vaisselle, des tintements.

Il doit foutre un vrai merdier à l'intérieur, j'me disais.

Au bout d'un moment, il est ressorti avec un sac-poubelle plein. Ah ! On en salivait d'avance… On savait plus comment s'tenir, on sautillait sur place, on était gâtés, c'était Noël avant Noël. Vanessa a installé dans le couloir une table sur tréteaux qui avait servi autrefois à faire les marchés, du moins c'est ce qu'elle a prétendu. Nous, on la croyait pas trop mais au fond on s'en foutait. Bref, on a recouvert la planche d'une grande bâche bleue bordée de vert, et Manu a tout déballé. Y avait du mousseux, un pack de Kro, une bouteille de Ricard, un camembert, des sardines, des filets de maquereau, des boîtes de thon à la catalane et une baguette et demie. On a bâfré à la bonne franquette, sans couverts, direct avec les mains. C'était la grande régalade.

C'est entre deux coups de bulles qu'ils m'ont rencardé pour le légionnaire. Ils m'ont raconté qu'il avait glissé des faux biftons dans la liasse du loyer. Alain les avait de suite repérés. Il avait dû sanctionner, il ne pouvait évidemment pas laisser passer. Fallait montrer l'exemple.

La soirée, on l'a terminée totalement torchés. J'voyais carrément double… Manu et Vanessa avaient complètement perdu les pédales. Ils s'étaient mis à se peloter comme ça, normal, devant nous. D'authentiques partouzards ! Pas pudiques pour un sou ! Et affreusement vicelards avec ça ! J'voyais bien les regards tendancieux qu'ils me lançaient tous les deux… Surtout Vanessa… Elle aguichait la garce ! Et pas qu'un peu ! Le feu au cul qu'elle avait ! Ça ne l'aurait pas dérangée que je les rejoigne, au contraire même, elle était demandeuse. Elle me voulait dans la combinaison. Elle se léchait les doigts, se passait la langue sur les lèvres, me faisait des clins d'œil, comme ça, en discrétion. Moi, je matais partout ailleurs… Je faisais celui qui ne voyait rien, le naïf en somme. Au bout de quelques minutes, Manu a disparu sous la table. On l'voyait plus. Il faisait le prestidigitateur… C'était la folle magie ! C'était Houdini ! La bâche s'est soudainement mise à onduler un peu comme le mouvement des vagues… Ça se passait juste au niveau de l'entrejambe de Vanessa. Elle gémissait, se tortillait sur sa chaise, se contractait de partout. Et puis, elle m'a zieuté avec insistance, elle m'a carrément appelé à les rejoindre. Elle voulait absolument du renfort, et le renfort c'était moi… Un seul bonhomme c'était trop peu pour elle, ça ne lui suffisait pas. Mais moi, c'est vraiment pas mon truc, sans compter qu'à cette époque j'étais encore puceau. À part pour pisser, mon zboub me servait pas à grand-chose. Faut dire que j'ai grandi avec Blanche-Neige, Cendrillon, et la Belle au Bois dormant. Pour ma première fois, j'imaginais un truc plutôt romantique. Pas une partouze avec deux toxicos complètement dégénérés. N'empêche qu'à cause de ces dessins animés à la con, j'ai loupé plein d'occasions de m'éclater. Fils de pute de Walter Disney. Bref, les r'garder, ça m'saoulait déjà, alors me joindre à leur petite partie de débauche… même pas en rêve ! Du coup, j'les ai plantés là et j'me suis barré dans ma turne. Je suis rentré chez moi presque en rampant, heureusement je n'avais pas loin à voyager.

4

Le lendemain, c'est de bon matin qu'Alain m'est tombé dessus. J'entendais cogner à la porte, alors j'y suis allé, j'ai fait sauter le loquet, j'ai ouvert. Rien qu'à voir sa tronche, j'ai compris qu'il était furax...

— Ah ! Putain ! Enculés de vos races ! Nerdine bebekoum ! il m'a hurlé dessus. C'est toi qui as explosé la porte du légionnaire ?

— Merde ! Nan !

Je faisais le gars offusqué, le mec qui ne savait pas du tout de quoi on lui parlait.

— C'est qui alors ? Nerdine klaouiya ?

— J'en sais rien Alain... Ouallah ! Je te jure ! Ouallah imma ! J'ai rien entendu ! J'étais même pas là hier soir !

— Ça doit être cette baltringue de Manu... Ah, la tantouze ! Je vais bien m'occuper de lui... Dès qu'il rentrera, ce sera le zbeul ! Je vais le pulvériser, ce fils de tchoin...

Évidemment, Manu avait déjà mis les voiles. Il était pas fou, il se doutait bien qu'Alain ça l'mettrait furieusement en pétard de voir la porte du Roumain explosée. Sûr qu'on ne le reverrait pas avant trois ou quatre jours, le temps qu'le patron redescende en pression.

— Au fait, qu'il me dit, j'ai réfléchi à notre petit problème de loyer… Dis-moi, tu fumes de l'herbe ?

Autant demander à un aveugle s'il a envie de voir.

— Ouais, ouais… j'lui réponds. Ça m'arrive…

— Ça tombe bien… Je vais recevoir un arrivage, et j'aimerais que tu goûtes le matos. Voir un peu ce que ça donne. Ça te dit ? En même temps tu pourrais faire une ou deux livraisons pour moi… Disons que ça comblerait le manque… enfin pour ce mois-ci… D'habitude c'est Manu qui s'en occupe, mais je sais pas pourquoi, j'ai toujours l'impression qu'un jour ou l'autre il va tenter de me baiser. Toi, tu m'as l'air d'être honnête… c'qui est rare de nos jours… J'ai le nez pour ça… J'me trompe ?

— Non, non Alain… Tu t'trompes pas…

— OK, très bien… rendez-vous ce soir, à 23 heures, en bas, à l'épicerie.

J'ai passé le reste de la journée complètement affalé. J'voulais gribouiller quelques pensées, mais au bout de quelques phrases une intense fatigue m'a submergé. J'ai bien tenté de lutter, de rassembler mes idées, j'ai forcé le stylo, mais y avait rien à faire, la flemme était bien trop puissante. L'inspiration s'était évaporée, et j'ai dormi tout l'après-midi. À mon réveil, j'me souvenais même pas avoir griffonné un truc. C'est qu'en voyant le papier froissé que j'me suis rappelé. Je vous le restitue comme je m'en souviens.

Quand tous les commerces d'un quartier pauvre s'évaporent des suites de la conjoncture, des loyers trop chers ou de la fainéantise... seul demeure « l'Arabe du coin ». On peut tout lui ôter au miséreux : son cordonnier, son poissonnier, son fromager... Tout ! Mais on ne l'empêchera jamais, le miséreux, de boire une cannette de bière en mangeant un paquet de chips. Si tu lui enlèves ça, tu peux être sûr que ce sera la guerre.

J'ai rangé le papier en me promettant d'écrire la suite plus tard, et je suis descendu à l'épicerie. Il était 23 heures pétantes.

Debout, derrière son comptoir, Alain discutait avec un client. Un migrant. Un fraîchement débarqué. Le genre sans papiers. Un Afghan ou peut-être un Soudanais. Ça chauffait dur entre eux. Je me suis reculé un peu, et je me suis foutu en retrait, bien calé entre deux frigos. J'ai observé. Alain, lui, m'avait vu... Direct, il a jeté un coup d'œil à sa montre. Et puis il l'a fait tourner, comme ça, trois, quatre fois autour de son poignet. Ensuite, il a retroussé ses manches, il a toussé un peu, s'est raclé la gorge et a lissé sa fine moustache. Aïe ! C'était pas bon signe. Il s'impatientait, il entrait en surchauffe. C'était la gestuelle précarnage... Le clandestin était là, face à lui... Bras ballants, tout penaud, à moitié courbé. Il prenait racine, il piétinait, il savait plus quoi faire de lui-même. Il tenait dans ses mains un paquet de frangipane industrielle. Alain lui a arraché des pognes. Il l'a brandi comme ça sous son nez en lui hurlant à la figure :

— Toi, pas comprendre ? Ça coûte 1,95 euro !

Toi, avoir 1,50 euro. Toi, peux pas acheter ça… Toi, trop pauvre !… Toi, trouver encore argent ! Encore cinquante centimes !

Le Soudanais n'comprenait pas trop. Il souriait bêtement. Il bredouillait, bafouillait. Il agitait confusément ses mains. Il tentait de se faire entendre. Quand il a saisi qu'Alain captait nada à son baratin, il a plongé ses paluches au fond de ses poches. Il en a ressorti des mouchoirs usagés, des boutons de manchette, des documents administratifs. Il a étalé le tout sur le comptoir, sous le pif d'Alain, en souriant comme un crétin. On voyait bien à ses mimiques qu'il espérait un petit geste. Alain ne s'est pas laissé mystifier, il l'a direct rembarré :

— Moi, pas comprendre toi ! Moi, pas parler gitan ! Toi, avoir 1,50 euro… Tartelette coûte 1,95 euro. Toi, pas avoir assez !

Le clandestin allait répondre quelque chose, mais il n'en a pas eu le temps. Alain l'a saisi au collet… Merde ! j'ai pensé, il va lui appliquer sa technique. C'est reparti pour un coup de lévitation ! Tous aux abris ! Il va lui envoyer la saucée ! Mais finalement non. Il s'est contenté de le foutre dehors, sans même l'avoir égratigné.

Quand on s'est retrouvés seuls, Alain a bien vu à ma gueule déconfite que j'en revenais pas de sa rapacité.

— Alors, loustic ! Ça te froisse, mes manières ? Hein, l'artiste ? T'aurais voulu que j'lui laisse le casse-croûte ? Que je fasse comme si y avait le compte ? Que j'lui donne le paquet carrément gratos ? Pourquoi pas après tout ? Hein ! Dis-le que tu m'trouves dégueulasse ! Tu penses peut-être que j'en ai quelque chose à foutre de quarante-cinq centimes ? Que j'suis à ça près ?

Merde ! C'était après moi qu'il en avait maintenant... J'avais rien dit pourtant ! J'étais trop expressif de la trogne, c'était ça mon problème, et ça, Alain, ça n'lui plaisait pas des masses...

— Eh ben moi, j'vais te dire ! Les clandos, faut les mettre direct dans le bain ! Leur faire comprendre qu'ici c'est ni la foire ni la fantasia. Ici, c'est la France ! Et la France, si elle tourne c'est grâce à l'euro, pas grâce au troc ! Si je fais ça, c'est pour son bien, à l'autre ! Pour qu'il comprenne vite les subtilités du monde moderne... Faut pas qu'y s'fourvoie, qu'il croie qu'ici on peut vivre d'amour et d'eau fraîche... Faut qu'ça lui rentre dans la matrice. Qu'il entrevoie tout le système... Qu'il sache la vérité, la vraie ! Ici, y a qu'un moyen de s'en sortir... C'est en charbonnant ! Oui, l'artiste ! Le charbon, le taf, le boulot, le job, le turbin !... Appelle ça comme tu voudras, le fait est qu'ici, on n'a rien sans rien... Et plus tôt il l'apprendra et mieux ce sera. Moi, j'te l'dis, j'lui sauve la vie au bledien. C'est de l'aide à l'insertion, v'là c'que j'fais, moi ! L'État devrait me filer une médaille pour ça... Hein, l'artiste ? Qu'est-ce que t'en penses ? T'es pas d'accord ?

Vu comme ça, il n'avait pas tout à fait tort.

Sur ces entrefaites, Alain a bouclé l'épicerie et on a traversé le canal pour rallier un petit parking et grimper dans sa bagnole. J'ai toujours aimé ça, moi... Rouler en voiture la nuit.

La nuit c'est un délire à part. C'est le moment où les cafards sortent de leurs trous. Y a plus de gens normaux dans les rues, y a que des marginaux, des alcooliques, des flemmards, des chômeurs. Des mecs qui tournent en rond, qui savent pas quoi faire de leur temps, qui n'ont nulle part où aller. Des rats échappés de leurs cages. La nuit, elle te prend aux tripes, elle te pousse à faire des trucs de cinglés, c'est le royaume de la démesure, le crépuscule de la raison. Y a pas ce putain de soleil qui te casse le cerveau et qui t'empêche de planer. C'est le moment idéal pour s'enfumer la gueule, pour tirer une grosse taffe de jaune et s'envoler vers les étoiles. C'est dans l'obscurité que les hommes se lâchent, qu'ils dévoilent leur nature profonde. La nuit, plus moyen de tricher. Tout est permis, même les pires dégueulasseries. C'est pour ça que passé une certaine heure, les dealers et les putes tournent à plein régime.

5

On a roulé, comme ça, une bonne demi-heure dans le brouillard. C'était le mois de mars, y avait eu des giboulées tout au long de l'après-midi, même que ça m'avait bien bercé pour roupiller.

On s'est garés sur une petite place bordant un ensemble de bâtiments tout en hauteur, délabrés et desséchés. On a longé une galerie commerciale puante et sordide. Des éclats de verre jonchaient le sol, les rideaux métalliques étaient couverts de graffiti, des carcasses de voitures carbonisées traînaient çà et là.

On a dépassé un parc, puis un square, puis un autre parc. L'entrée du bâtiment se trouvait derrière la maison associative, sur la droite.

Là, un étrange spectacle nous attendait. J'étais totalement scotché, je suis resté planté là quelques minutes pour m'assurer que je ne rêvais pas. Une cinquantaine de bonshommes, remuants et délurés, étaient agglutinés par groupes de quatre ou cinq. Bien que chacun d'eux fût entouré d'acolytes, ils communiquaient de préférence avec un mec du groupe d'à côté, voire d'un groupe plus éloigné encore. Les discussions s'entremêlaient, fallait beugler pour être entendu. C'était une cacophonie générale. Les phrases étaient comprimées en mots, eux-mêmes dissous en mugissement. Tous les gars étaient saouls, excités… Bouteilles, cannettes, flashs et autres récipients jonchaient le sol. Certains mecs jouaient aux cartes et picolaient pour agrémenter la partie. D'autres buvaient juste pour le plaisir de boire. Tous trinquaient, tous hurlaient, c'était le Moyen Âge, l'exaltation, la furie ! La fumée épaisse des joints déboussolait les sens. On naviguait en plein brouillard, ça chantait à tue-tête, ça dansait. Les gueules tordues se tordaient davantage. C'était une aliénation contagieuse, une émulsion cataclysmale.

C'est bien difficilement qu'on a perforé l'hystérique meute. On est rentrés dans le hall d'un immeuble défraîchi. Alain m'a sommé d'attendre là, entre deux rangées de boîtes aux lettres déglinguées.

Le temps qu'il retrouve son « contact », j'ai poireauté une bonne vingtaine de minutes dans la cage d'escalier. J'en ai profité pour taper un petit machin sur mon téléphone. La scène d'horreur m'avait inspiré.

Lugubres âmes rachitiques… La peau grêlée, fendue, effilée… Des taches et des croûtes… Des liquides visqueux qui s'en échappent, qui giclent, qui fusent, qui jaillissent… Par gouttes, par jets… Noirs, verts, jaunes… C'est plus la vie, c'est la demi-vie !… Les catacombes, l'excavation, l'outre-soupir… Un aperçu de là-bas… Pour nous montrer… Pour qu'on voie bien…

Alain est redescendu, avec une sacoche en bandoulière. Il m'a demandé si je voyais un inconvénient à ce que je la porte. J'n'en voyais aucun. On a foncé jusqu'à la charrette en quatrième vitesse. Alain a exigé que je garde la sacoche à mes pieds. Il a ajouté que si ça se passait mal, si y avait le moindre pépin, si on tombait dans un barrage par exemple, ou si on se faisait inopinément contrôler, je devais absolument, catégoriquement, rigoureusement… dire aux condés que la sacoche m'appartenait. C'était une exigence à laquelle il tenait particulièrement. Une condition sine qua non à notre amitié naissante. Je connaissais la musique. J'avais déjà fait quelques missions pour les mecs de mon ancien quartier. Je savais exactement comment ça se passait. Je sais pas si c'est de l'inconscience ou du j'm'en-foutisme ou peut-être les deux, mais transporter de la weed ça m'a jamais vraiment fait flipper. De toute façon, dans ces cas-là, vaut mieux s'dire que s'faire serrer par les keufs, c'est comme attraper le cancer de la prostate : ça n'arrive qu'aux autres. Du coup, j'n'ai même pas répondu. J'ai hoché la tête… Avec un peu de condescendance quand même. Qu'il sache bien qu'il n'avait pas besoin de préciser, que je le savais déjà, que j'étais tout sauf une sale raclure de balance de merde. Cela dit, on n'a rien eu à craindre, le trajet s'est déroulé sans encombre. Les pauvres honnêtes gens seraient traumatisés s'ils savaient à quel point c'est peu risqué de transporter du prohibé. À croire que les flics ne sont jamais là où ils devraient être.

On a glissé pépère jusqu'à La Belle Saison, presque en moonwalk. Alain a installé une table et deux chaises de jardin dans la réserve, et il a déballé le contenu de la sacoche sur la table : deux kilos d'« Amnesia ». Il a sorti d'un tiroir une balance électronique et m'a demandé de diviser les deux loques en vingt sachets de cent grammes. Je me suis mis au turbin. Alain est resté debout derrière moi. Il supervisait, oralement, par-dessus mon épaule, l'opération, sans toucher à la marchandise... Par contre, il veillait scrupuleusement à ce qu'il n'y ait pas un gramme de came qui atterrisse « malencontreusement » dans l'une de mes poches de jean. C'était normal, on se connaissait à peine.

Une fois la beuh empaquetée, Alain m'a demandé d'en rouler un, et ça avec les résidus qui s'étaient effrités des têtes lors des manipulations. Y en avait pour une petite dizaine de grammes, tout en miettes. Ça formait un joli petit tas vert sur la table. Alain m'a permis de tout garder. La belle vie, quoi ! Je me suis appliqué comme jamais. J'ai confectionné un véritable engin de guerre. Une fusée à triple propulsion, un porte-avions si énorme que le *Charles-de-Gaulle* à côté, c'était macache... Y avait de quoi assommer un ours et toute sa putain de descendance. Terriblement mastard. Au moins deux grammes dans le machin ! Alain m'a filé un briquet. J'ai allumé la bête. J'ai aspiré une énorme bouffée, puis je l'ai laissée squatter quelques secondes mes poumons. Quand je l'ai recrachée, on s'voyait plus dans la réserve. Alain m'a d'mandé mes impressions. En vérité, en matière de fumette, j'n'ai jamais été un fin connaisseur, mais il avait l'air tellement impliqué que j'ai fait comme si... J'ai tiré une taffe encore plus grosse que la première. J'ai joué un peu avec la fumée, je l'ai promenée d'une joue à l'autre, je l'ai fait sortir par la bouche, je l'ai récupérée par le nez, puis j'ai expiré en formant des petits ronds... Je lui ai assuré que l'herbe était génialissime, de la frappe, de l'uranium en sachet. Ça lui a fait plaisir. Il souriait en dodelinant de la tête comme un débile. Je l'entendais presque réfléchir. Je voyais la calculette s'activer dans sa tête : il comptait déjà les bénefs.

— Ah oui ! Ah oui ! C'est bien ! C'est très très bien ! a-t-il marmonné.

Je lui ai tendu le bédo qu'il n'a pas daigné prendre. Pendant les nombreux mois où je l'ai côtoyé, jamais je ne l'ai vu fumer de la beuh. Pour la tise, par contre, c'était autre chose ! Je n'dis pas qu'il me concurrençait, mais tout de même, il rechignait rarement à s'en jeter un p'tit.

Avant de se tirer, Alain a sorti vingt balles de la poche intérieure de son cuir, et les a glissées dans le creux de ma paume tout en me serrant la main. Il m'a ensuite regardé droit dans les yeux et m'a dit :

— Tu sais, l'artiste, j'ai de grands projets pour l'avenir. Le truc c'est que dans ce bizness, c'est impossible de marcher seul... Je sens en toi un mec loyal... Crois-moi, si t'es sérieux, si tu te donnes bien comme il faut... Y a peut-être moyen qu'on fasse quelque chose ensemble... On pourrait être, toi et moi, comme deux associés, l'un veillant sur le dos de l'autre... On a toujours besoin d'avoir quelqu'un sur qui s'appuyer, surtout dans ce milieu de crevards...

— Oui, oui, Alain... Faut que j'y réfléchisse... Mais pourquoi pas.

J'ai rangé le bifton dans ma poche de jean, et je suis monté dans ma piaule, le cœur léger.

Alain a attendu que j'me sois barré pour planquer la sacoche dans la réserve de l'épicerie. Je l'sais parce que j'étais à ma fenêtre quand il a été récupérer sa caisse, et j'ai bien vu qu'il avait les mains vides. Pendant quelques secondes, j'ai pensé redescendre avec une lampe torche et un pied-de-biche. Mais finalement, j'me suis ravisé. Après tout, qu'je me suis dit, il mérite pas ça. Jusque-là, il a été plutôt cool avec moi…

6

Le lendemain, c'est sur les coups de 14 heures qu'Alain est passé me prendre. Il m'a prévenu : on avait rendez-vous avec des gens importants, des gens qui « comptent » dans le milieu, comme il a dit. C'était des clients à lui, des lascars qui écoulaient régulièrement une partie de ses stocks… Des vrais mecs de cité. Des types qui faisaient l'aller-retour entre la rue et le placard. La pire espèce.

Pourtant, la veille, quand Alain m'avait proposé de bosser à ses côtés, j'lui avais pas vraiment dit que j'étais OK, j'avais juste dit que j'y réfléchirais. Mais pour Alain, ne pas dire non, ça voulait forcément dire oui. Il s'infiltrait dans les hésitations comme l'eau dans les fissures d'une toiture. Un putain de forceur. T'façon, je pouvais pas me permettre de jouer les marquis de Rothschild. C'est à peine si j'arrivais à payer mon loyer. Si je voulais continuer à dormir au sec, j'avais pas d'autres solutions que d'le suivre.

La rencontre devait se passer dans un rade, en bordure de centre-ville, un PMU. Le Saturne. On est arrivés devant le bistrot, avec une demi-heure d'avance. Alain n'avait pas voulu se garer devant. C'était, comme je le comprendrais plus tard, une de ses lubies, une sale manie qu'il traînait toujours avec lui : partout où on allait, fallait qu'on se gare à des kilomètres et qu'on se tape le reste de la route à pattes. Une manière de brouiller les pistes. Moi, ça me les brisait, surtout à cause du froid. Mes fringues n'étaient pas conçues pour la saison, si tant est que des guenilles puissent l'être à quelque chose. Heureusement, pour parer aux températures glaciales, Alain m'avait filé un bombardier en mouton retourné. En voyant l'bazar avec la moumoute qui débordait de partout, le cuir beige tellement usé qu'il en paraissait orange, et la taille trois fois trop grande et trop large pour moi, je m'étais dit : Tiens ! J'aurais pas l'air con, sapé comme ça ! Puis je l'avais essayé… Et j'dois admettre que l'bazar était hyper confortable et hyper fonctionnel aussi. Ça stoppait complètement les rafales de vent, un véritable palladium !

On s'est donc pointés devant Le Saturne, essoufflés et transpirants. On n'était pas encore entrés que les tauliers nous fixaient déjà. On s'est installés direct sur les tabourets devant le zinc. Le patron nous a demandé ce qu'on buvait. J'ai commandé une 1664 et Alain un diabolo grenadine. Il a enlevé son manteau, l'a plié et l'a soigneusement posé sur le comptoir. Moi, je n'sais pas pourquoi, j'ai gardé le mien sur les épaules.

Le temps que les mecs débarquent, on a discuté un peu. Alain m'a expliqué que, dorénavant, ce s'rait moi qui m'occuperais de ces acheteurs-là. Je les livrerais une fois par semaine. En clair, je lui servirais de tampon, je serais ses yeux et ses oreilles. Lui devait se mettre un peu au vert. J'étais, je l'confesse, pas trop chaud pour faire le livreur à plein temps, j'étais même à des années-lumière de l'emballement. Pas du tout enthousiasmé par la promotion… Je connaissais un peu ce genre de lascars et c'était pas ce qu'on pourrait appeler ma tasse de thé, je m'en méfiais comme de la peste.

J'allais tenter de dissuader Alain quand la porte du rade s'est ouverte. Dans un même mouvement, Alain et moi, on s'est retournés. C'était nos hommes. Alain ne m'avait pas menti, des vraies dégaines de racaille.

Ils étaient trois. Le chef avait une grande balafre qui lui séparait la tronche en deux. Son acolyte et « bras droit » était un grand et solide gaillard au menton carré et aux cheveux rasés. Le troisième était petit, gros et joufflu. Il servait à la fois d'homme à tout faire et de bouffon. Les trois étaient habillés de la même manière : survêtement, baskets et sacoche. La panoplie. Le bouffon avait, en plus, une casquette qu'il portait à l'arrière, certainement pour cacher sa calvitie.

Ils nous ont rejoints au comptoir. On s'est serré la main, sauf Alain et le chef qui se sont fait la bise. Alain a rincé une tournée. Il a repris un diabolo et moi une autre 16. Le chef et le bras droit ont opté pour un expresso. Le bouffon, lui, une vodka Red Bull. Pourquoi j'y avais pas pensé, moi aussi ? Puis j'ai compris que dans ce genre de réunion, on était censés rester sobres, du moins les décisionnaires. Seuls les factotums étaient autorisés à picoler. J'ai immédiatement saisi où était ma place. Tout le bar l'avait saisi. Ça m'a fait froid dans le dos.

J'étais accoudé au comptoir, en train de gamberger

à ma condition de sous-fifre, quand le bouffon a pris la parole, bien haut et bien fort, pour être certain que tout le monde l'entende.

— Wesh Alain… Il sort d'où ton poto ? Tu nous l'as ramené de la jungle ou quoi ?

Tout en parlant, il s'est penché vers moi, m'a attrapé par le bras, m'a tiré vers lui. Puis, l'air perplexe, il s'est mis à caresser la moumoute sur le revers de ma manche. Après quelques secondes, il a dit :

— Non ! Non ! Messieurs, je ne pense pas me tromper… Il s'agit bel et bien du dernier modèle de manteau fabriqué entièrement en poil de zeub de rhinocéros…

Tout le monde a explosé de rire. Le bouffon se gondolait de sa propre blague. Ses deux boss se gaussaient comme des débiles, et les quatre joueurs de belote, assis au fond du bar, ne se gênaient pas non plus pour se foutre de ma gueule. Le patron aussi se marrait comme une baleine. Il a même rameuté sa femme de l'arrière-boutique pour lui raconter la feinte… Merde ! Même Alain, ça le faisait rire. C'est vrai qu'il ne se bidonnait pas autant que les autres zouaves, mais il souriait quand même. J'ai bien vu son putain de rictus. Y a même pas vingt-quatre heures, il m'avait proposé d'être son associé, et voilà que maintenant il se foutait de ma gueule en toute impunité. Ah ! Les bâtards ! Ah ! La poisse ! Ils se tordaient bien les bouseux… Et sur ma poire ! À mes frais ! Tout ça pour un putain de mouton retourné. Merde ! J'ai horreur d'être pris à partie, d'être au centre du sarcasme. Ah ! L'enculé de bouffon ! Je voulais le réduire à néant, ce fils de… Je n'avais qu'une envie, le monter en l'air, le rectifier à coups de coude ! La saloperie d'immondice ! Ah ! Comme j'avais le seum !

Sa chance, à ce connard, c'est qu'j'suis plutôt lent au démarrage, que j'ai jamais eu la patate facile... Ah ! le Tminik ! Le zeub de chiotte ! Il méritait bien une bonne branlée, que j'me lève et que j'lui redessine le portrait ! Au minimum que je lui plante une cuillère à café dans l'œil ! Mais bon, j'l'ai bien regardé... Toute cette masse autour de son squelette... Y avait beaucoup de graisse, c'est vrai, mais y avait aussi pas mal de muscles. Et y avait moi à côté, épais comme un linge sec, et qui avais déjà pas mal éclusé depuis le matin. Je l'ai bouclée et j'ai souri jaune. Le gros bouffon a savouré son triomphe, mais j'me suis juré d'avoir, un jour ou l'autre, ma revanche. Tôt ou tard, je l'attraperais ce gros dindon, je lui ferais cracher la monnaie de sa pièce, je lui ferais ravaler son air narquois et je l'assaisonnerais à toutes les sauces.

Après cet épisode, Alain et le chef se sont un peu écartés pour discuter tranquillement sur une petite table à l'entrée du rade. Je suis resté au comptoir en compagnie du bouffon et de son horrible suffisance. Le boule à zéro s'est assis tout seul, dans un coin, pas loin de son boss. L'entretien a duré une petite dizaine de minutes.

Sur le chemin du retour Alain était tout jouasse.

— Ah, les salauds ! Ils veulent doubler les commandes... C'est bon, ça, pour nous !

Je n'voyais pas vraiment de quel « nous » il causait, mais j'n'ai pas relevé.

— Alors t'en penses quoi ? il m'a demandé... Tu le sens comment ton nouveau job ? T'es opérationnel ? Tu vas assurer ? C'est pas compliqué, tu verras, t'auras qu'à te présenter une fois par semaine au Saturne, tu t'assois, tu commandes un verre, t'attends le gros bouffon et, dès qu'il se pointe, tu lui refiles la sacoche. Tu penses pouvoir y arriver ?

Merde ! Je comprenais pas pourquoi il tenait absolument à ce que j'le suive dans ses plans foireux. Il devait vraiment être à la dèche pour employer le premier venu. Et puis, j'ai jamais eu la fibre salariale. Ne rien branler, chez moi, c'est une seconde nature.

— Ben justement, j'suis pas vraiment sûr que...

— Comment ça, t'es pas sûr ? C'est quoi le problème ? Ça va pas ? T'as tes règles ? T'es mal réveillé ? Tu te sens mal ?

C'est vrai que j'n'en menais pas large, tout miskine, prostré dans la Mercedes. C'est que les railleries du bouffon étaient mal passées. Je les avais encore en travers de la gorge. Alain a dû deviner l'origine du malaise parce que après quelques minutes de silence il m'a lancé, comme ça, à brûle-pourpoint :

— J'espère que tu fais pas la gueule à cause de l'autre bouffon ! Merde ! J'espère que c'est pas à cause de ça ?! Parce que sinon, c'est grave...

Il a laissé passer quelques secondes...

— Tu sais c'est quoi le problème dans notre société ? Je vais te l'dire moi (il se répondait à lui-même) : la bactérie, le virus, j'irais même jusqu'à dire le cancer... oui, c'est ça, le cancer de notre société...

c'est le défaitisme ! Oui, voilà, bordel de merde ! Le défaitisme ! Les gens subissent un échec, accusent un contrecoup, endurent une petite déconvenue, et ça y est, c'est le drame, y a plus personne, ils se couchent, ils s'allongent, ils baissent les bras.

Je pensais qu'il avait fini, mais en fait non, sa logorrhée commençait à peine. Il s'embrasait au fur et à mesure qu'il jactait. Sa face virait au violet et son débit gagnait en vitesse.

— Si seulement y avait plus de gens comme moi, avec ma mentalité, mon caractère, mes ambitions, je peux t'assurer que cette putain de planète, elle tournerait mieux ! Moi, je n'ai jamais reculé devant un obstacle ! Et ça, tout le quartier en est témoin. Comprends bien, l'artiste !... Moi, l'adversité, ça m'éveille, ça m'excite, ça m'entretient ! Les problèmes, je ne les attends pas moi, j'vais au-devant, je les cherche, j'les anticipe, et j'les résous ! J'en sors plus grand ! Plus fort ! La vie, c'est un test grandeur nature. T'as pas encore compris ça, l'artiste ? T'as pas compris qu'ici-bas t'es jugé sur tes actes ? Sur ta valeur ? Ton courage ? Les branleurs, fainéants et autres attentistes, ils se font bouffer par les vaillants. C'est la loi de la nature, c'est comme ça. C'est pas moi qui l'ai inventée... Moi, je fais juste avec... Je m'adapte, je me forge, je me renforce. Allons bon, quoi ! Le bouffon, il s'est foutu de ta gueule, c'est vrai ! Et après ? C'était pas interdit de te défendre... T'as bien une bouche, non ? Tu t'souviens ? Le truc qui te sert à picoler comme un trou ? T'aurais pu l'ouvrir, non ?! T'en servir ! Répondre ! Attaquer l'bouffon sur sa sale gueule ou sur son obésité mor-

bide, par exemple... Mais non ! T'es resté là, inoffen-
sif, terrifié, comme une baltringue à bégayer, à parler
chinois... À attendre que je vienne à la rescousse,
mais ça t'aurait pas aidé mon vieux ! C'est à toi de
te débrouiller tout seul, comme un grand !

7

Au moment où il prononçait ces divines paroles, une jeune demoiselle, à pied, les yeux rivés sur son téléphone, a brûlé le passage piétons et nous a coupé la route. Alain a pilé sec... Il l'a esquivée de justesse. Quelques mètres de plus et il l'envoyait pour un long séjour à l'hosto. Elle a levé les yeux, a tiré une taffe sur sa cigarette, nous a souri gracieusement, puis elle a repris sa marche en roulant du cul. Alain a poussé un hurlement :

— Putain ! C'est quoi ce missile ?

Il a tapé un demi-tour, cramé le feu rouge, franchi quatre lignes blanches, brûlé deux « cédez le passage », failli tamponner deux piétons pour se mettre à hauteur de la miss. Elle continuait à marcher, toujours son portable en guise de boussole, sans nous prêter la moindre attention. Alain a ouvert la fenêtre pour la héler... Elle traçait sa route, elle ne nous calculait pas. Il s'est alors garé sur une place libre le long du trottoir, juste en face d'un Lavomatic. Il a vérifié sa tronche dans le rétro intérieur, plaqué en arrière les quelques cheveux qu'il lui restait, il a lissé sa fine moustache, fait tourner deux, trois fois sa grosse chevalière autour de son annulaire, et il est descendu de la caisse comme un furieux. Il a couru pour la rattraper et l'a saisie par l'épaule. Elle s'est retournée, l'air enragé. Lui était à bout de souffle, plié en deux, les mains sur les genoux.

De la bagnole, je n'entendais pas vraiment ce qui se disait. Je voyais juste les lèvres bouger. C'est vrai qu'elle était plutôt bonne la gadji... Tout en slim noir, le perfecto cintré, le tarma bombé, bien dur, comme de la brique. Des lèvres roses, pulpeuses et charnues, des dents alignées et bien blanches, si blanches que sa bouche scintillait.

D'emblée, elle a refusé les propositions d'Alain. Elle ne voulait rien savoir, Alain ne l'intéressait pas ! C'est pas très sympa de ma part, je le sais, mais perso, je jubilais intérieurement... Comment il pouvait se permettre ? Accoster, comme ça, une fille en pleine rue, la draguer ouvertement, aux yeux de tous ! Il se croyait où, lui ?

Alain ne la lâchait pas pour autant. Il s'accrochait, insistait. Je ne saisissais toujours pas ce qu'il lui racontait. Il essayait, j'imagine, de la faire rire. C'était certes pas la franche rigolade, mais au bout de quelques minutes un léger sourire s'est dessiné sur ses lèvres. Tout en passant la main dans ses cheveux, elle a commencé à se balancer d'avant en arrière, d'un pied sur l'autre. Deux petites taches roses sont apparues alors sur ses pommettes, ça faisait ressortir le noir de ses longs cheveux raides.

Alain lui a pas laissé le temps d'en placer une... Il parlait vite, en agitant les mains. J'essayais de tendre l'oreille, de capter la teneur de son baratin. Merde ! Elle lui souriait encore... et cette fois, ce n'était pas une simple esquisse, c'était un vrai beau sourire ! Comment était-il parvenu à ce résultat ? Il avait du ventre, presque plus de tifs, ses ratiches n'étaient plus de toute première fraîcheur, elles étaient gâtées au rythme d'une sur deux. Je n'irais pas jusqu'à dire qu'on aurait pu jouer aux dames dessus, mais pas loin…

Les yeux de la belle parlaient pour elle et semblaient dire : « C'est vrai que tu m'fais rire avec ton numéro, mais m'en faudra beaucoup plus pour que j'te file le mien ! »

Alain avait compris le message. Lui non plus n'avait pas besoin de mots, son regard suffisait à répondre à la meuf : « Oui, je sais qu'c'est pas suffisant ! Tu me résistes mais j'aime ça, ça m'plaît ! D'ailleurs, pour toi, je te l'promets, je mettrai les bouchées doubles, je décrocherai la lune, je gravirai des montagnes ; tout ça pour toi et pour toujours ! »

La fille ne lâchant rien, Alain a tenté une ultime manœuvre, il a sorti, de sa poche intérieure, sa carte d'identité et l'a fourrée, avec espièglerie, dans les mains de la gadji. Sans doute voulait-il la rassurer, lui dire : « Que risques-tu avec moi ? Regarde ! Sous tes yeux, y a toutes les informations qui me concernent. Je suis nu devant toi ! Je joue franc-jeu ! » Elle a pris les papiers d'Alain en se gaussant. Elle les a étudiés. Elle jouait avec ses cheveux, elle a d'abord glissé une mèche derrière son oreille, puis en a enroulé une autre autour de ses doigts. Elle semblait conquise. Elle glissait sur le tapis de mots doux que lui déroulait Alain. Le coup de la carte l'avait bluffée.

Je dois bien l'avouer, je venais de prendre une

sacrée gifle. C'est pas en restant les bras croisés que j'allais en finir avec mon pucelage. Si je voulais, moi aussi, tamponner de la gonzesse, j'avais plutôt intérêt à me secouer. Les culs bombés, ça tombe pas du ciel. J'me disais que si j'n'agissais pas rapidement, mon zgeg resterait enfermé pour le restant de ses jours entre les quatre murs de mon caleçon. Perpétuité incompressible.

Alain est remonté dans sa voiture avec le numéro d'la gonzesse.

— Ah ! m'a-t-il fait, en démarrant la bagnole, j'ai bien cru qu'elle lâcherait pas ! C'était à deux doigts ! C'est une têtue, une coriace ! C'est ça qu'est bon avec les meufs ! Quand elles pensent pouvoir me résister… Dès que j'en aurai fini avec son matricule, je te l'enverrai, on verra si t'es cap.

J'étais écœuré. Au bord de l'implosion. C'en était trop pour aujourd'hui, j'avais ma dose. On est rentrés à l'épicerie sans dire un mot. Avant de descendre de la Merco, Alain s'est tourné vers moi. Il m'a regardé droit dans les yeux ; moi, j'ai baissé les miens.

— Alors, il m'a demandé, pour la bande de Gremlins ?… Tu vas leur livrer le matos ? T'en es ou pas ? Dis-moi, quoi ! Que je prenne mes dispositions… Tu vas affronter ton malaise ou tu vas rester terré dans ta chambre à siphonner des bouteilles de Poliakov ? Je suis persuadé que ça te sera utile pour tes livres… Pour apprendre la vie, y a rien de tel que de se frotter à la vermine… Tu pourrais même parler du gros bouffon dans un de tes textes, après tout, faut bien que le monde sache que ce genre de crapule ça n'existe pas que dans les films... Alors poto, tu fais quoi ? T'avances ton pion ? Tu recules ?

— Ah ! C'est bon ! C'est bon ! j'lui ai répondu. Je vais le faire ! Je vais les servir tes Gremlins ! Mais attention, que je l'ai prévenu, si le gros bouffon me cherche encore des noises, je lui fais sa corrida à ce bâtard ! Je le détruis... Là, j'me suis retenu, pour pas faire d'histoires... Mais s'il recommence, ce s'ra pas la même chanson ! La prochaine fois je l'explose, je lui fracasse les reins !

Alain a fait semblant de me croire.

— Oui ! Oui ! il m'a répondu. T'as eu raison d'pas faire d'histoires, j'te remercie. On n'était pas chez nous, on pouvait pas s'permettre. J'en toucherai un mot au boss... Je lui dirai de calmer son gros bouffon. Je le préviendrai que s'il ose encore, tu lui feras très mal...

— Ouais c'est ça ! Mal ! Très mal !

8

C'est donc dépité au plus haut point que j'ai gravi les escaliers menant à ma piaule. Sur le palier, je me suis rendu compte que j'n'avais pas envie d'être seul. J'ai toqué chez Manu pour savoir ce qu'il fabriquait. Il a gueulé, à travers la mince cloison, qu'il était avec Vanessa, qu'il ne foutait rien et que j'étais invité à me joindre à eux si l'idée de rien foutre ensemble me paraissait convenable. Ça me convenait admirablement bien.

Quand je suis rentré dans la piaule, Manu et Vanessa étaient avachis sur un matelas noir de crasse. Une petite table basse était placée devant eux, juste au milieu de la chambre. C'était, avec le matelas, les seuls meubles de la pièce. C'est pour cette raison qu'il n'y avait ni poignée ni serrure sur sa porte. Parce qu'il n'y a jamais rien à voler chez un toxico.

Sur la table étaient posés là, comme ça, presque innocemment, une bouteille d'ammoniaque, une feuille d'aluminium, une cuillère, deux briquets et deux petits tas de poudre, l'un blanc et l'autre marron. Sans la moindre gêne, alors que je venais de m'installer face à eux, à même le sol, Manu a attrapé la cuillère et l'a plongée dans le mont de poudre blanche. Lorsqu'il l'a ressortie, un sublime et compact amas couleur écrue trônait sur le cuilleron. Il a pris la bouteille d'ammoniaque et a arrosé très délicatement, goutte après goutte, le monticule immaculé. La solution aqueuse a imprégné la poudre qui s'est transformée en une grosse flaque opaque. Il a attrapé l'un des briquets et a chauffé le cul de la cuillère. Quelques secondes plus tard, le mélange a bouillonné. La tache huileuse s'est solidifiée pour se transformer en une goutte molle et brillante. Il a touillé la perle pâteuse avec une allumette pour qu'elle devienne homogène, puis il s'est servi d'une feuille de Sopalin pour absorber l'ammoniaque qui restait dans la cuillère. À force de la remuer, la goutte s'est rigidifiée. Manu a augmenté la cadence jusqu'à ce qu'un gros caillou cristallin apparaisse enfin. Il transpirait beaucoup. Les yeux de Vanessa se sont mis à briller comme des pépites. Le temps était comme suspendu, on pouvait entendre battre le cœur des deux acolytes…

La préparation finie, Manu a posé tout l'attirail sur la table et s'est mis à marmonner dans sa moustache.

— Quand on est instruit à ce genre de liturgie, on ne l'oublie plus jamais. C'est gravé au fond de la mémoire. Ça revient hanter régulièrement. À chaque bonne nouvelle. Sournoise et bienveillante. À chaque mauvaise aussi. Chaleureuse et rassurante. Pire que le pire des créanciers. Toujours plus cupide. Éternellement inassouvie.

Je ne savais pas s'il s'adressait à moi, à Vanessa ou encore à lui-même. C'est lui, le premier, qui s'est éclaté avec le caillou. Il l'a posé sur la feuille d'alu, l'a chauffé et a inhalé la fumée. Au contact de la chaleur, le caillou s'évaporait en émettant de légers crépitements. C'était un joli son dansant... Après chaque bouffée de galette énergisante, Manu enchaînait avec une taffe de cigarette afin que la fumée de celle-ci agrippe celle du produit et qu'ils aillent ensemble, tous les deux, le plus loin possible, dans ses poumons. C'était toute une technique. Il a voulu me faire tourner l'alu mais j'ai refusé. Je me trouvais suffisamment mal barré pour en rajouter... Y en avait marre des conneries. J'me trimballais assez de casseroles comme ça : la picole, l'herbe, la fainéantise... Je n'ambitionnais pas d'me terminer tout de suite. J'avais encore des rêves, un peu d'espoir. J'étais du genre inconscient, c'est vrai, mais pas au point d'aller taper dans la blanche. J'étais quand même pas suicidaire...

Quand ça a été au tour de Vanessa de fumer sur le caillou, elle s'est pas fait prier. Elle s'est excitée dessus comme une malade. Elle absorbait la fumée pire qu'un trou noir absorbe la lumière. Ses yeux tressautaient à toute allure derrière ses paupières. Elle blêmissait à vue d'œil. Je pensais sincèrement qu'elle allait y rester, nous claquer entre les doigts, s'étendre là, raide, morte, crevée. Mais non ! Elle crevait pas ! Elle restait toute rigide. Elle opinait de la tête débilement. C'était une syncope éveillée. Ses bronches sifflotaient. Ses yeux roulaient dans leurs orbites, ils allaient tellement vite que, peu importe où vous vous trouviez, vous aviez l'impression qu'elle vous reluquait. Un peu comme Monna Lisa. C'était inouï, un véritable effet.

Vu comment les deux lascars se sont acharnés sur la blanche, forcément, elle n'a pas fait long feu ! En moins d'une heure, tout avait sauté, disparu au fin fond des poumons, ils ont dû se rabattre sur la marron, la kehla.

Manu a sorti, je sais pas d'où, deux seringues et un gros élastique en caoutchouc orangé. J'ai détourné les yeux tout le temps que la préparation a duré. Ça me faisait trop mal de voir ça. Une piquouse pour lui, une autre pour Vanessa.

— C'est pour la redescente, qu'il m'a informé... Pour contrer les effets négatifs de la C.

Je n'ai pas moufté, j'ai juste souri. Il a serré l'élastique autour du bras de Vanessa et lui a injecté la meca. Elle a d'abord fait une petite grimace, puis son visage s'est complètement détendu. Ensuite, elle a poussé un long soupir et s'est étalée de tout son long sur le matelas. Ses yeux étaient clos, de petites bulles bouillonnaient le long de sa bouche entrouverte. Manu la regardait avec attendrissement. Il lui a caressé les cheveux puis a voulu répéter le modus operandi pour lui-même. Seulement y avait plus une seule veine exploitable sur toute sa carcasse. Toutes ses artères s'étaient rétractées. Dégoûtées qu'elles étaient de servir d'autoroute à son poison. Le seul vaisseau apparent, c'était celui de sa jugulaire. Y avait pas le choix, c'était ça ou rien. Une fois l'aiguille enfoncée dans la gorge, il a posé son pouce sur le piston et, d'un geste sec, envoyé la sauce. Il s'est assoupi si vite qu'il n'a même pas eu le temps de déplanter la seringue. Elle est restée pendue, comme ça, le long de son cou maigrelet. C'est moi qui la lui ai enlevée.

En les voyant ainsi, enlacés l'un contre l'autre, baignant dans un jouissif semi-coma, j'ai pensé à la gonzesse en perfecto noir, celle dont Alain avait le numéro. J'avais du mal à l'admettre, mais cet épisode m'avait séché. J'étais totalement abasourdi. Comment elle avait pu se faire berner par les belles paroles d'Alain Basile ? C'était pour moi inconcevable. Ça ne pouvait être qu'un fâcheux malentendu, une abominable méprise…

Histoire de patienter, en attendant que les amoureux se réveillent, j'ai fouillé dans le sac de Vanessa et je lui ai piqué un stylo et un calepin, celui dans lequel elle notait le numéro de ses michtons. J'ai pensé à Manu, à Vanessa, à Alain, à la meuf en perfecto, à moi-même, et j'ai écrit :

Marion fit un bond sur le lit. Une fois confortablement adossée à ses côtés, elle prit tout son temps pour le dévisager. Les gouttes de pluie bavant sur la fenêtre se reflétaient, par un jeu d'ombres, sur le torse d'Hermann. Elle le caressa paresseusement. Elle réfléchissait. Elle s'était pourtant repassé le film dans la tête des centaines et des centaines de fois. Elle connaissait par cœur le chemin qui la mènerait jusqu'à la sortie, elle savait exactement par où se faufiler. Un mur habillé de lianes… Juste après le peuplier… Elle s'était juré que si quelqu'un l'accompagnait, elle n'hésiterait pas à s'échapper. Mais personne, jusqu'à aujourd'hui, n'en avait eu le courage… Elle l'observa… Il était d'une autre trempe, elle le voyait bien. C'était dans son regard, concentré, alerte, touchant…

Il a bien fallu trois heures pour que Manu émerge de sa léthargie. Quand il a refait surface, j'avais toujours le stylo à la main. Il s'est étiré, comme l'aurait fait un mort après avoir ressuscité, et m'a demandé ce que je foutais et si je n'étais pas, par hasard, en train de les dessiner ?

— Ah ! Non ! Ah ! Non, non, non ! je l'ai rassuré. Mon truc à moi, ma sensibilité si je puis dire, c'est pas le dessin, c'est pas les croquis. Non ! Non ! Moi, c'est l'écriture, les belles-lettres ! Ça n'a rien à voir, faut pas confondre !

J'ai bien insisté, qu'il ne comprenne pas de tra-viole. Pour tout dire, je rayonnais de bonheur. J'étais tout fier de ma prose. Je n'en pouvais plus de moi-même, des ailes me poussaient, je sentais l'inspiration me gicler par les oreilles, j'étais tout feu, tout flamme, l'univers s'ouvrait, tout entier, à moi.

— Ah ouais ? qu'il m'a fait, comme ça, à moitié convaincu, dubitatif même… Et c'est quoi que t'as écrit ? Ça parle de quoi ?

Avec une voix de poète j'ai lu les quelques lignes, Vanessa a alors marmonné une suite de mots inintel-ligibles. Je ne sais pas si elle rêvait ou si, du plus pro-fond de son sommeil, elle approuvait le style… Manu a réclamé des éclaircissements. J'lui ai donné tous les détails. J'ai expliqué que ces quelques lignes faisaient partie d'un tout. Que ces quelques lignes n'étaient que l'infime passage d'un excellent chapitre, lui-même coincé dans un fabuleux roman. Que ce fabuleux roman était englobé dans une exceptionnelle trilogie, et que cette exceptionnelle trilogie serait sûrement un grand chef-d'œuvre, le chef-d'œuvre de ma vie, la pierre angulaire de mon existence, l'aboutissement d'une série de réflexions mystiques et métaphysiques, mon *Guerre et Paix* en somme ! J'ai ajouté que ce roman-fleuve, cette monumentale fresque, se déroulait en Pologne durant la Seconde Guerre mondiale et que les principaux personnages s'appelaient Hermann et Marion. Lui était infirmier, fils de SS ; elle une bohémienne, fille de personne. Entre eux, y avait eu comme un coup de foudre. À la base, Hermann devait pratiquer, pour le compte des nazis, des expériences biologiques sur le corps de Marion, mais bien sûr il en avait été incapable. Amour oblige. Alors, ils avaient décidé de s'évader ensemble du camp de Majdanek. Ils avaient traversé le front ouest. Tout au long de leur périple, ils avaient dû se débrouiller sévère.

J'ai terminé en disant à Manu que, dans mon roman, y avait de la passion, de la haine, de la joie, de la tristesse, de la bravoure et de la trahison. Mais je ne pouvais pas tout lui dire… Fallait garder du suspense, de l'intrigue, de l'émotion. J'espérais sincèrement qu'il le lirait.

— Oui ! Je te le promets ! m'a-t-il dit d'un ton solennel en mettant sa main sur le cœur. Je le lirai…

— Et ce qui est bien, ai-je ajouté, c'est que j'ai quasiment déjà tout écrit. C'est juste là, dans ma tête, j'ai plus qu'à recopier.

9

Souvent, après avoir fumé un joint ou deux, je m'écroulais sur mon plumard et je repensais au soir où tout avait basculé, le fameux soir où je m'étais tiré de chez mon daron. C'était en automne, vers la mi-octobre. Ce soir-là, j'étais pas rentré direct après l'école, j'étais resté squatter un peu avec les copains, dans un parc, pas très loin du lycée. Étant donné qu'on avait pas mal picolé, et qu'on se marrait plutôt bien, je m'étais attardé plus longtemps que prévu. C'est en voyant le soleil se coucher que je me suis aperçu qu'il se faisait vraiment tard. J'ai alors eu comme un frisson d'angoisse. Mon père allait encore me faire une scène. Mes incessants retards, ça le foutait immanquablement en rogne. Il acceptait plus que je traînasse après les cours. Il me l'avait répété dix mille fois. J'ai donc dit au revoir aux potos et j'ai cavalé en quatrième vitesse jusque chez moi. J'suis arrivé devant ma porte à bout de souffle. À peine j'ai franchi le couloir de l'entrée que j'ai senti le malaise. Mon daron trônait là, dans le salon, droit comme un piquet, les mains fixées sur les hanches. Il faisait les cent pas, il m'attendait.

Au début, il a trop rien dit. Il s'est contenté de me

regarder de travers. Il soufflotait, il secouait la tête, il faisait le mec désespéré. Je m'apprêtais à dire un mot, à bafouiller une ou deux excuses, mais il m'a pas laissé le temps. Il a pointé, comme ça, son doigt sur la table de la salle à manger. Là, j'ai de suite compris. Mon daron avait fait une petite inspection dans ma chambre. Ça lui arrivait souvent ces derniers temps. Il fouillait ma piaule de fond en comble, histoire de voir si y avait pas un paquet de clopes ou un magazine de cul qui traînaient sous le matelas. Mais à la vérité ce qu'il cherchait vraiment, c'était un prétexte pour me foutre sur la gueule, un motif pour me chiffonner... Fallait bien qu'il se donne du courage, un peu de motivation avant de me secouer. Je regarde donc sur la table, et j'aperçois, au milieu de la boustifaille, un petit morceau de shit. Ah merde que j'me dis, ça va barder.

— C'est donc à ça que tu passes ton temps ! À fumer du haschisch !

— C'est pas à moi... que je lui réponds... Je le garde pour un copain...

— Copain mon cul ! Me prends pas pour un con ! Moi je me casse le dos à l'usine pour que tu aies une éducation décente et toi tu t'amuses à te défoncer ! Tu planes dans les nuages ! Tu voles avec les oiseaux ! Je me décarcasse toute la journée pour te payer un toit, des habits neufs, à manger sur la table ! Et toi, tu joues les babas cool ! Tu fumes le narguilé ! Tu grilles le bambou ! Tu siffles le calumet ! Tu te prends pour un Cherokee, ma parole ! Tu te crois chez les hippies ! Tu vas trop loin mon petit bonhomme ! Cette fois, je laisserai pas passer, tu t'en sor-

tiras pas comme ça ! Tu nous dois des explications !
Ça va chier mon garçon !

Merde ! J'avais aucune explication à lui fournir.
J'en avais ma claque de ses remontrances. Toutes
les semaines, j'avais le droit à une nouvelle crise. Le
pompon ç'avait été quand je lui avais annoncé que
je voulais arrêter l'école pour devenir écrivain. Il en
avait pas cru ses oreilles, c'était à deux doigts qu'il
en fasse un infarctus. J'avais, selon lui, franchi toutes
les limites du supportable, poussé le crime bien au-
delà de l'entendement humain. J'étais devenu une
déception ambulante, une infinie contrariété. Rien
que de m'apercevoir, ça le faisait rugir comme un
lion. Il rentrait alors dans des transes pas possibles, il
se foutait en éruption pour des riens. Même de m'entendre respirer, ça lui était devenu douloureux. Lorsqu'il partait dans son délire, il nous menaçait, ma
mère et moi, de nous laisser en plan, et de retourner
vivre dans son bled. À l'écouter, elle était là-bas sa
vraie place, au beau milieu des montagnes, sur la terre
qui l'avait vu naître, la terre de ses illustres ancêtres.
Il prétendait que sa lignée était sacrée, qu'on pouvait
remonter son arbre généalogique jusqu'aux grands
rois numides. Avec maman, on en était bouche bée,
on savait plus quoi dire, ni quoi penser. Comment on
aurait pu rivaliser, nous, avec Jugurtha, Massinissa et
toute la bande… On faisait clairement pas le poids,
c'était trop grand pour nous, ça nous dépassait largement. On n'avait alors plus rien à lui rétorquer, on
avait juste à la fermer une bonne fois pour toutes.

Moi, ça m'aurait bien arrangé qu'il se barre loin
d'ici. Chez les Numides, les pharaons, les Aztèques

ou les Grecs anciens. Tout ce que je voulais, c'était qu'il arrête de me les briser, qu'il me lâche un peu la grappe.

— Et puis d'abord, pourquoi t'as fouillé dans ma chambre ? L'intimité, tu connais ? T'en as déjà entendu parler ?

Ah ! Ça lui plaît pas que je fasse preuve d'une telle morgue. Il en revient pas. Tant d'impertinence, ça le fait suffoquer, ça l'éblouit, ça le bouleverse. Il en oublie même de respirer. Il s'étouffe, il bégaye, il devient orange. Il fout alors un terrible coup de pompe sur la table. Toute la vaisselle valdingue sur le sol. Les chaises tombent à la renverse. La marmite de chorba s'explose contre le carrelage. Ça gicle dans tous les sens. Y a du bouillon partout sur les murs, du vermicelle jusqu'au plafond.

Ma pauvre mère qu'était là aussi, elle sentait qu'ça finirait mal, elle tente donc de s'interposer. Elle fait tout ce qu'elle peut pour le retenir, elle se jette à son cou, elle le supplie, mais le vieux veut rien savoir, il lui colle une énorme gifle, elle voltige jusqu'au salon.

— Vous m'emmerdez tous, vous comprenez ça ! Tas de conneries de chiottes de merde ! Si vous aviez un minimum de reconnaissance, vous embrasseriez le sol sur lequel je marche ! Mais au lieu de ça, vous passez votre temps à m'épuiser, à me saouler, à m'agonir !

Il me pointe alors du doigt et me fixe :

— Mais j'ai bien compris ton petit jeu, tu comptes me saigner à blanc ! Me crever à petit feu ! M'avoir à l'usure ! C'est ma mort que tu souhaites ! Hein ! Dis-le ! Dis-le tout de suite ! Charogne, branleur, tireau-flanc ! Tu veux prendre ma place ! Tu veux mon héritage ! Me pousser au suicide ! Hein ! C'est ça ton projet ! Me pousser à bout ! Tu veux m'envoyer à l'asile ? Me faire perdre la boule ? Ça te suffit pas de fumer de la drogue, en plus de ça tu veux arrêter l'école ! Et pour devenir quoi, déjà ? Écrivain, c'est ça ? Laisse-moi rire ! Je me marre ! Je me gausse ! Un petit merdeux comme toi ! Devenir écrivain ! Pourquoi pas astronaute ! Et puis y a que des pédés dans ce milieu-là ! Mais sûrement que t'en es aussi ! Hein ! Avoue-le ! T'aimes les hommes ! Dis-le directement ! T'es de la jaquette ! À voile et à vapeur ! Y a plus rien qui m'étonne avec toi ! Monsieur se croit poète ! Au lieu d'étudier pour avoir un travail convenable ! Ce branleur passe son temps à gribouiller des insanités ! Il veut monter à Paris ! Mais pour quoi faire ? Pour te prostituer ? Pour faire le mignon avec des vieux dégueulasses, c'est ça ? Ah mais c'est scandaleux ! On court à la catastrophe ! Regarde, par ta faute ! Regarde un peu c'que tu m'as fait !

Il me montre sa calvitie, le haut de son crâne tout luisant.

— Plus un tif sur le caillou ! Plus un brin d'herbe sur la plaine ! Plus une tige dans la vallée ! Ma belle chevelure ? Fini ! Envolée ! Disséquée ! Disparue ! À cause de toi ! Tu m'entends salopard ! Tu m'écoutes un peu quand je cause ?

Il se cogne le carafon avec ses poings, il se bourrine le crâne. Ça fait des bruits atroces, ça résonne dans toute la case.

— Mais j'te laisserai pas faire mon coco ! J'suis

un coriace moi ! C'est pas demain la veille que tu me feras la peau ! Il m'en faut plus à moi !

Ni une ni deux, il me fonce dessus, il m'empoigne, me saisit à bras-le-corps. Il est musclé l'enflure, l'usine ça lui a fait des bras de bûcheron. Il me soulève comme une plume et me propulse dans les airs. J'atterris, tête la première, sur la marmite. J'ai des bouts de carotte plein la gueule, des pois chiches et des navets plein les cheveux.

Je me chauffe alors, je m'empourpre, je me galvanise. Je lui saute à la tronche. Je colle mon front contre le sien. Je lui fais face, je le défie. C'est un duel que je réclame.

— Ah ! L'effronté ! L'insolent ! Tu braves ton propre père ! Ça te suffit pas d'être un drogué ! Te voilà maintenant meurtrier ! Un assassin ! Un parricide ! Allons-y ! Finissons-en ! Trucidons-nous ! Égorgeons-nous ! Qu'il n'en reste plus qu'un ! Tu serais bien content de me faire disparaître ! Hein ! Avoue ! Que j'te laisse seul avec ta mère ! Tu pourras la racketter à ton aise ! Récolter le fruit de mon travail ! Dépenser mes économies en chichon ! C'est donc ça que tu cherches ! C'est à ça que tu rêves la nuit ! Jouir paisiblement de ma retraite ! Ah malédiction ! Damnation ! Enfer éternel !

Ma daronne, pendant ce temps, elle se relève tant bien que mal. Elle a un gros coquard sous l'œil gauche, elle fait miskine à voir. Elle essaye de nous séparer. Elle se jette aux pieds de mon père, elle l'implore, elle lui embrasse les orteils. Elle arrive à placer quelques bribes de mots entre ses sanglots.

— Ah ! Papa ! Papa ! Pardonne ton fils. C'est

encore qu'un gamin. Il sait pas ce qu'il fait... C'est juste un ahuri ! Un mariole ! Y a pas mort d'homme ! Et puis qui sait ? Il dit peut-être la vérité ! La drogue n'est peut-être pas à lui !

— Ah ! Folie ! Misère ! Dépravation ! Pas à lui ? Pas à lui ? Ah ! Laisse-moi rire ! Je me gausse ! Je me marre ! Je m'esclaffe ! Cet énergumène ! Ce dégénéré ! Ce cancre !

Il se baisse alors vers ma mère, il la saisit par les épaules, il la soulève, il lui braille à la gueule.

— Mais je vais te dire, ma pauvre vieille ! Tout ça c'est de ta faute ! C'est toi qui l'as couvé, qui l'as surprotégé ! Si tu m'avais écouté, on n'en serait pas là ! Moi, c'est à coups de ceinture que je l'aurais élevé ton mioche ! Ah, t'as préféré opter pour la discussion, pour la pédagogie ! Regarde où ça nous a menés ! Un fiasco ! Un ratage complet ! Ah ! J'ai été faible ! Je peux l'avouer maintenant ! Si j'avais fait preuve de plus de fermeté ! Tout le monde marcherait droit dans cette baraque !

Il se dirige soudain vers les fenêtres du salon. Ma mère, qu'était retournée à ses pieds, se fait piétiner au passage, foulée comme un paillasson. Il reconnaît plus personne, il disjoncte totalement, il perd ses boulons un par un. Ma daronne tente de le rejoindre, elle glisse sur la chorba, elle se ramasse sur les débris. En voulant se relever, elle pose sa main sur un morceau d'assiette cassée. Ça lui entaille tout l'avant-bras. Le sang jaillit, ça arrose tout le salon. Les fauteuils, les tapis, la télé. Ça fuse de partout ! Y a des lambeaux de chair qui pendent, c'est plus un bras, c'est de la charcuterie. Elle appelle mon père à la rescousse. Elle lui montre sa coupure, elle gémit, elle brait.

— Chéri ! Chéri ! Regarde ce que je me suis fait ! Regarde mon bras ! Ça pisse, ça dégouline ! Aïe ! Aïe ! Faut m'emmener à l'hôpital ! Je sens que je vacille ! Je flanche ! Chéri, ramène-moi à l'hôpital !

Lui, il en a rien à foutre, il veut plus rien comprendre, il part à fond dans son délire. Il arrache la poignée de la fenêtre, il ouvre les lucarnes.

— Merde ! qu'il hurle. Y a pas de raison que les voisins ne sachent pas ce qu'il se passe dans cette maison de tarés !

Il fout sa tête à l'extérieur, il se penche pour être bien sûr que tout le monde entende.

— Oyez, oyez, chers voisins ! Sachez tous que mon fils est un débile mental ! Un véritable drogué ! Un fumeur de shit ! Un consommateur de kif !! Vous vivez à côté d'une famille de cinglés. Vous logez à côté d'un hôpital psychiatrique ! Une maison de fous ! Un bordel ! Un cirque ambulant ! Mon fils se drogue ! C'est un déchet ! Un parasite ! Un toxicomane ! Une infâme crapule !

On l'entend gueuler dans tout le quartier. Ma mère revient quand même à la charge, elle veut le calmer, elle lui fout sa blessure sous le nez. Elle veut qu'il constate, qu'il se rende bien compte. Mais il s'en branle résolument, ça le regarde plus, il s'en lave les mains. Il l'envoie valser d'une beigne dans les tempes. Elle s'envole dans les airs, elle culbute le canapé, sa tête claque contre l'accoudoir, elle s'écroule raide, sonnée, évanouie.

— Regarde ce que tu me fais faire !

Il me désigne, il m'accuse. Tout ça, c'est rien que d'ma faute, c'est moi l'unique responsable. Il repart en dinguerie, il se cabre comme un cheval, il fonce droit sur moi, il me charge, me télescope, m'emboutit. C'est un cyclone qui me passe dessus, un ouragan qui me traverse. Il me soulève, me compresse, me tord en deux, me plie en quatre. Il veut me réduire, me rapetisser, me raccourcir. Il a jamais pu supporter que j'sois plus grand que lui. Une tête de plus quasiment... C'est pas acceptable, c'est de la provocation gratuite...

À force de me faire labourer le bide, je m'suis mis à dégueuler salement. Des gros jets qui me jaillissaient de la bouche. C'est tout le repas de la cantine qui me reflue par le gosier. Mon père est noyé sous les projections. C'est formidable comme genre de Kärcher. J'essaye de l'atteindre aux yeux... une manière pour moi de l'étourdir, de l'aveugler. L'astuce m'est venue comme ça, dans le feu de l'action. Mon père, de ma gerbe, il en avait plein le cassis, ça lui brûlait les paupières comme de l'acide. Il voyait plus rien devant lui. Il me cherchait à tâtons, il jouait à colin-maillard. C'est au bruit qu'il tentait de me repérer. Faut dire que j'avais pas fini d'me purger. Je dégobillais par paquets de douze.

— Ah le sagouin, l'empoté, le bon à rien ! Où c'est que t'es encore passé ? Reviens ici, petite enflure ! J'en ai pas fini avec toi ! Ah le mufle ! Il ose me gerber à la gueule ! Ton compte est bon ! Sale junky ! Sale frimeur !

Il était totalement hystérique, il mettait, comme ça, des grandes claques dans les airs. Il voulait m'aplatir, m'assommer au hasard.

Ah ! que j'ai pensé, si tu veux t'esquiver c'est maintenant ou jamais. Avant de mettre les voiles, je me suis emparé d'un vase qu'était sur une commode, et je lui ai balancé en pleine poire. Il l'a pas vu venir, il s'est effondré comme une masse. « Tiens, mange-toi ça ! » j'ai eu le temps de hurler.

C'est comme ça que j'me suis retrouvé seul, sans bagages, dans la rue, et en pleine nuit. J'avais nulle part où aller, aucun endroit pour dormir. Pendant plusieurs jours j'ai erré à gauche à droite. Je pionçais dans des squares, dans des parcs publics. Pour becter, je grattais de l'argent à des passants, pas des grosses sommes, juste de quoi m'acheter un sandwich ou un paquet de chips.

À dire vrai, je ne savais pas quoi foutre de tout ce temps libre. Plusieurs fois j'ai hésité à retourner chez moi, m'excuser auprès de mes vieux, leur promettre que dorénavant j'me tiendrais à carreau, que je déconnerais plus d'un pouce. Mais au dernier moment, je faisais machine arrière. J'me disais que si j'faisais preuve de faiblesse, si je rentrais au bercail la queue entre les jambes, le daron en profiterait pour me tartiner davantage. J'voulais lui prouver que j'pouvais m'en sortir seul, que moi aussi j'savais faire de la kichta, que j'étais pas aussi débile qu'il le prétendait. J'ai donc tracé ma route.

Et puis un beau jour, comme je crevais de soif et que j'avais pas un rond sur moi, je suis rentré dans une épicerie pour voir si y avait pas moyen de choper quelques bières à crédit. C'est là que j'suis tombé sur La Belle Saison, et sur son propriétaire : Alain Basile.

10

Avec le temps, mes journées se sont parfaitement organisées ; elles étaient réglées comme du papier à musique. Sans même m'en rendre compte, mon existence s'ordonnait selon les besoins et desiderata d'Alain Basile.

Tout était orchestré dans un ordre précis : je me levais sur les coups de 14 heures et je descendais à l'épicerie prendre mon petit déj (un pain au chocolat et une Heineken 50 centilitres). Les batteries rechargées, j'étais prêt pour remplir les missions qu'Alain me confiait : il m'envoyait ici ou là, récupérer des thunes ou livrer des colis. Mon travail terminé, je me pavanais dans le centre-ville, je pistais un peu les gonzesses, et je rappliquais à l'épicerie sur les coups de 18 heures. Là, je remplaçais Alain derrière sa caisse jusqu'à 23 heures, la fermeture de l'épicerie.

Je n'ai jamais su ce qu'Alain foutait pendant ce temps. Il n'a jamais voulu m'le dire. Je le soupçonnais d'avoir une double voire une triple vie, des maîtresses et plusieurs foyers. Peut-être allait-il simplement roupiller seul dans la chambre d'un hôtel miteux… J'élaborais dix mille scénarios. Faut dire que rester planté pendant des heures, derrière un comptoir, ça développe l'imaginaire.

Alain finissait par débouler et, ensemble, on bouclait le Hannut. On vérifiait tout : frigos bien fermés, lumières éteintes, alarme activée. La forteresse barricadée, on pouvait s'arracher. On grimpait dans la Merco. Alain allumait une clope, moi je roulais un joint, et là, on choisissait notre destination. C'était le moment de la journée que je préférais, quand on bouclait le hazzi et qu'on se barrait. Peu m'importait la direction, nord, sud, est, ouest, j'en avais rien à foutre. Tant qu'on dégageait, ça m'allait.

Le plus souvent, on optait pour le casino, le cazin comme on disait. Un de ceux de la côte belge, Ostende ou Blankenberge. Alain avait un petit faible pour la roulette anglaise, son péché mignon… On roulait une bonne centaine de kilomètres avant de se retrouver devant la table de jeux. Ça faisait de la route, mais c'était pas grave, ça donnait l'temps à Alain de concevoir une stratégie, de décider de quelle manière il allait foutre en l'air son oseille. Martingale, plein, couleur, carré, à cheval, colonne, zéro voisin, pavage, transversale. Tout un lexique pour mieux s'faire enfumer. Y a jamais rien qui marche, j'peux vous l'certifier… Avec Alain, on a tout essayé. Manque, pair, passe, impair, doublé, douzaine, série… mes couilles et j'en passe. Cacahuète ! Que tchi ! Nada ! Dans tous les cas t'es baisé ! C'est foutu d'avance.

Moi perso, j'm'en cognais, j'avais pas un rond. Rien à perdre. Je sirotais un verre, je matais Alain jouer. Parfois, dans ses bons jours, il m'envoyait un jeton ou deux. C'était pas tous les soirs mais ça arrivait quand même. Des fois, Alain se faisait abominablement ratisser... Avec ce qu'il flambait en une nuit, le casino avait de quoi régaler ses employés pendant un mois, charges comprises. C'était des pertes énormes, un gouffre sans fond, un nettoyage à sec ! Le pire, c'était juste avant la fermeture, quand le casino offrait les croissants. On entendait le croupier :

— Messieurs, les trois derniers coups !...

Là, Alain s'empourprait. Il additionnait ses pertes, et c'était pas marrant. Le calcul n'était pas évident à faire, comme ça, en pleine partie, à quelques minutes de la clôture. Je l'entendais penser : Faut qu'j'me refasse avant que ça ferme ! Merde ! Merde ! Merde ! Faut qu'j'me refasse ! Il courait alors au bar, avalait un sky cul sec, puis revenait tout en sueur autour de la table. Il rassemblait ses jetons, tentait de les empiler à taille égale, en colonnes parfaites. Ses mains tremblaient, ça lui glissait des doigts, la pile s'effondrait, tout dégringolait et roulait sur le tapis... Fallait recommencer à zéro, compter ce qu'il restait, se souvenir de ce qui n'restait plus. Il s'embrouillait dans les calculs. Ça le mettait en rage. Il suffoquait de perdre, il agonisait de dilapider. La respiration lui manquait. L'urticaire bourgeonnait sur sa tronche en grosses plaques rougeâtres. Hideux à voir. C'est à cet instant précis qu'il tiltait... Il claquait alors, dans un ultime espoir, tout ce qui restait sur le tapis.

— Carpe diem ! Qui vivra verra ! Tout sur le rouge !

Et c'était immanquablement la même rengaine.

— Faites vos jeux, les jeux sont faits, rien n'va plus... Deux, noir, impair et passe.

La banque avalait tous les chips, le sort s'acharnait. Alain devenait violet.

Le trajet du retour, dans ces cas-là, c'était toujours quelque chose. On s'abstenait de faire de l'esprit. *Silenzio assoluto* ! Valait mieux pas l'ouvrir, sous peine de se faire massacrer par Alain. Fallait bien qu'il décharge sa frustration, qu'il évacue ses nerfs. J'étais au courant du système, je ne faisais pas le pitre, je la fermais absolument. Nous qui étions si loquaces à l'aller… C'était plus la même au retour. Les projets grandioses concoctés sur la route quelques heures plus tôt tombaient aux oubliettes, ils devenaient caducs, fondaient comme neige au soleil. Les grands desseins qu'on avait élaborés et qui devaient être financés grâce aux gains de la roulette se dissipaient en même temps que les étoiles au-dessus de nos têtes. Il était 5 heures du matin. La lune s'en allait, l'aube se levait. Et avec elle ressurgissaient les désillusions et les cruelles réalités qu'on avait, le temps d'un soupir, dissimulées au plus profond de la nuit !

11

Les fois où nous ne voguions pas vers les « Kur-salen » de la *Belgische Kust*, nous mettions le cap sur Bruxelles et ses vitrines pleines de jolies demoiselles. Ou bien, si c'était le week-end, sur les discothèques en Flandre-Occidentale, aux alentours de Courtrai. Avec Alain, on passait rarement la porte de la boîte. Il préférait nettement rester dehors, sur le parking. Ah ! Ça, il adorait ! C'était son grand kif... Les par-kings de discothèques. Je m'souviens encore de ce qu'il me disait quand je le lui reprochais :

— Ah ! Ah ! J'te reconnais bien là, l'artiste ! Tout de suite la précipitation, l'emballement. Tu cours, tu cours, tu t'essouffles, tu t'époumones, mais pour aller où ? Tu galopes, tu cavales, tu te vautres, tu t'asphyxies, mais pourquoi ? Tu veux entrer dans le dancing (il disait dancing au lieu de boîte) ? OK ! Mais pour y foutre quoi ? Avec la musique à fond, les connards qui te bousculent en dansant, les ivrognes que tu connais ni d'Ève ni d'Adam et qui te prennent dans leurs bras, les abrutis qui renversent leur vodka sur tes mocassins... En plus, y a pas moyen de dra-guer. On peut même pas tchatcher. Faut hurler pour s'faire entendre ! Sans compter le prix des consos !

C'est trois fois, cinq fois, dix fois plus cher que les tarots des grandes surfaces ! Ça vaut pas l'coup ! J'passe mon tour ! J'préfère de loin rester ici. Hein ! Franchement, l'artiste, on n'est pas bien là ?

Je chouffais alors autour de moi : le parking était désert, que des voitures vides… Quelques groupes de jeunes, ici et là, se garaient en bombe puis rejoignaient hâtivement l'entrée du complexe. Trois videurs solidement charpentés faisaient le pied de grue, sous un perron vulgairement recouvert de guirlandes clignotantes. Ils fumaient des clopes et s'marraient entre eux. Le plus costaud jouait avec une matraque télescopique. D'un geste sec et nerveux, il en déployait puis reployait la lame métallique. Les stroboscopes projetaient leurs bandes lumineuses, haut dans le ciel. De longs faisceaux éblouissants et colorés transperçaient les épaisses dentelles de brume. Comme des rayures fluo qui dansaient à travers les nuages. Tantôt rouges, tantôt bleues, tantôt jaunes. Une musique sourde mêlée à des rires aigus parvenait de l'intérieur de la boîte. Le DJ hurlait dans le micro, les fêtards hurlaient plus fort encore. Les basses faisaient trembler les vitres de la Mercedes. Parfois, l'hiver, la pluie s'invitait. Fine et glacée, elle balayait les allées du parking… Et moi, dans ces moments-là, je trouvais pas qu'on était si bien qu'ça…

Si Alain persistait à squatter le parking, ce n'était pas par hasard, j'en étais bien persuadé. À mon avis, il n'avait qu'une trouille : se faire recaler, se voir interdire l'accès aux festivités, être gentiment mais fermement éconduit à quelques mètres de la kermesse. Il aurait jamais supporté. Il aurait exigé des explications, un motif valable. Il aurait été contraint d'objecter, forcé d'aller à l'affrontement, au « contact », c'était inévitable. Alain Basile était comme ça : sa réputation, son honneur, c'était quelque chose ! Ne jamais perdre la face, au grand jamais ! Il me l'avait assez rabâché. Et là, face aux trois videurs musclés comme des bœufs, même avec sa super technique, il aurait jamais fait le poids. Sûr et certain que y aurait eu de la casse. Le combat aurait peut-être été légendaire mais lui, Alain, y aurait laissé beaucoup de plumes. Il préférait donc camper sur le parking et, ma foi, je pouvais le comprendre…

On restait, comme ça, muchés dans la bagnole, pendant des plombes, à l'affût de la victime idéale. Alain passait à la loupe toutes les gonzesses qui sortaient de la boîte. Il les analysait une à une, les scrutait sous toutes les coutures. Et, dès qu'il avait repéré une paumée susceptible de faire l'affaire, il fondait sur elle, comme l'aigle sur sa proie. Il les choisissait plutôt jeunes, minces, esseulées et titubantes. Il parvenait parfois à en faire monter une à l'arrière de la caisse. Je les laissais alors à leurs affaires, je partais à la recherche d'une épicerie pour refaire le plein. À défaut, je m'baladais dans les bois alentour. À plusieurs reprises, Alain a proposé qu'on secoue la meuf ensemble, qu'on la culbute en « sandwich », sur la banquette arrière. Il y avait toujours une couette, dans le coffre, prévue à cet effet… Pour pas dégueulasser le cuir « Alcantara ». Mais quand ce n'était pas la meuf qui chouinait, c'était moi. Les plans à trois, ça ne me disait trop rien. Je suis bien trop pudique pour ça. Et la pruderie, Alain, ça le faisait bien rire.

Et puis, je suis quelqu'un qui respecte l'âme humaine, homme comme femme, je déteste profiter des autres, surtout quand ils sont plus faibles que moi.

12

Enfin… Après environ une petite année passée en compagnie d'Alain Basile, je m'habituais à son rythme de vie. J'étais maintenant entré dans ses bonnes grâces. Et je peux aisément affirmer que quand Alain n'était pas dans la boutique, c'était moi le patron. Il me déléguait de plus en plus de responsabilités, et moi je retrouvais un semblant de vie sociale. Tout allait donc pour le mieux. Je partageais mon temps entre les livraisons aux quatre coins de la ville, mon job à l'épicerie et nos virées nocturnes. C'était plutôt cool, sauf, évidemment, les premiers jours du mois. Là, c'était la course… Surtout entre le 5 et le 9.

Je me souviens d'un de ces matins où je m'étais préparé pour faire, comme d'habitude, la tournée des locataires avec Alain, quand il est entré comme une balle dans ma chambre. Je n'ai même pas eu le temps de le saluer qu'il était déjà en train de m'donner des ordres.

— Aujourd'hui, l'artiste, tu viens pas avec moi. J'ai besoin de toi ailleurs. Faudrait que t'ailles récupérer une enveloppe, chez un mec, dans les quartiers sud de la ville.

Ça ne me posait pas de problèmes, j'avais l'habitude, c'était la routine. Mais quand même, je trouvais ça un peu étrange. D'ordinaire, Alain aimait m'avoir près de lui pour la récolte des loyers, c'était la première fois qu'il voulait que je fasse cavalier seul, un 5 du mois. Mais bon, je n'ai pas tilté plus que ça. Si Alain en avait décidé ainsi... Il m'a donc écrit l'adresse et le prénom du gadjo sur une fine feuille de papier rose qui servait à emballer le jambon, et après ça, je me suis mis en route.

C'était l'été, une chaleur caniculaire. J'avais avalé, dès le matin, pour étancher ma soif, trois cannettes de Gordon 14 degrés. Autant dire que j'étais d'humeur excellente... Comme il y avait une petite trotte à parcourir, j'ai préféré, plutôt que d'aller à pied, prendre le bus puis le métro. En sortant de la station, je m'suis retrouvé sur une grande place, et là j'ai eu direct confirmation qu'on était bien l'début du mois : une file longue de plusieurs kilomètres piétinait devant la petite poste mitoyenne du bar-tabac, la populace agglutinée, compressée, entassée, derrière le minuscule guichet des retraits. On entendait vociférer jusque dans la ville voisine. L'air était irrespirable, on avait jugé préférable de venir chercher ses allocations avant de se doucher. Y avait des priorités.

Toute la marmaille était au garde-à-vous. Les familles déboulaient dans l'agence bancaire comme dans un parc d'attractions. Des nuées entières, comprimées, réduites, réprimées le long du trottoir : poussettes, biberons, hurlements de gosses qui ont faim, soif, sommeil. Torgnoles qui fusent, darons aussi énervés que leurs marmots. La queue qui se rallonge encore et encore, qui s'étend toujours plus loin. Encore et toujours attendre. Toute l'après-midi, toute l'année, toute sa vie.

Des centaines de langues, dialectes et patois provenant du monde entier et surtout des pays les plus pauvres se croisaient, se superposaient, s'emmêlaient dans des tirades prononcées à la vitesse de l'éclair. Malgré la tension, y avait quand même de l'euphorie : savoir que les porte-monnaie allaient bientôt se remplumer, ça réchauffait les cœurs, ça engendrait, quoi qu'on en dise, une certaine cordialité. On souriait de toutes ses dents pourries, on était heureux.

Du temps que je vous raconte ça, on appelait encore ce jour, celui des allocs, la Sainte Touche. C'est dire si j'ai bien connu !

Je pique donc à travers la foule, je fonce dans le tas. J'esquive, tant bien que mal, vieilles, mômes et mendiants. Y a beaucoup d'affluence. On a du mal à avancer. Un vendeur à la sauvette en profite. Il m'attrape le bras, il essaye de me refourguer une Rolex contrefaite. « Une superbe affaire ! » Un autre me chope par l'épaule. Lui me propose des plaquettes de Subutex. Trois pour le prix de deux ! C'est tentant, évidemment. Mais non merci ! Le monde autour de moi m'oppresse, je sens la Gordon 14 me bouillir dans l'cerveau. Je joue des épaules, je m'impose. La barre d'immeuble est enfin là, face à moi. C'est ici que l'gars crèche. Reste à me faufiler entre les marchands de menthe et de coriandre. Pas d'étal. Les marchandises sont posées à même le sol ; ils hurlent dans des mégaphones :

— Qui veut du kosbour ?... Bon nanah à vendre... Y en aura pas pour tout le monde !

Le bâtiment fait bien cent mètres de long. Dans la cage d'escalier, une quinzaine de jeunes squattent. Ça fume de l'herbe, ça joue aux pièces contre les murs, ça regarde des vidéos sur une tablette. Ils veulent savoir ce que je fous là.

— J'viens voir Samba, au quatrième, que j'leur réponds.

Ils haussent les épaules, crachent par terre. De jolis mollards bien compacts. Tout jaunes. J'en déduis que l'champ est libre. J'pique donc une pointe jusqu'au quatrième. Appartement 16. À peine la porte s'entrouvre, je sens des odeurs, c'est l'appel d'air qu'amène les effluves. Je hume d'abord l'arachide, puis un subtil mélange d'oignons, de poivre et de piments. Le mec prépare un mafé, j'en mettrais ma main à couper. Je suis incollable pour reconnaître les saveurs, c'est un don que j'ai. C'est comme ça !

La porte est maintenant grande ouverte. Le mec, planté juste devant moi, doit bien faire trois têtes de plus que mézigue. C'est un mastodonte, un véritable guerrier zoulou : immense, tout en muscles, si baraqué, si imposant que le légionnaire à côté ferait figure de danseuse étoile. Il respire comme un buffle, fort et par le nez. Je sens son souffle sur ma face. Ça m'arrache la gueule, un peu comme le mistral, dans le sud de la France.

— Qu'est-ce tu veux ? il me demande.

— C'est Alain qui m'envoie. J'dois récupérer une enveloppe.

Il bouge pas d'un poil, il reste de marbre. Y m'répond :

— T'as qu'à dire à Alain d'aller se faire enculer, lui et son enveloppe !

Ah ! L'infâme ! L'ignoble ! L'insolent ! Le toupet qu'il a ce mec ! Comment qu'il ose ? Parler comme ça d'Alain Basile ?... Jamais encore entendu ça ! J'pouvais pas laisser passer ça. Fallait que j'agisse, que j'corrige l'affront, que je répare l'outrage au nom de notre fraternelle amitié et aussi un peu, il faut bien l'dire, pour qu'Alain soit, un chouïa, fier de moi... Je prends donc mon courage à deux mains. À la guerre comme à la guerre ! L'important dans une baston, c'est le panache ! Toujours porter le premier coup, ne jamais subir, c'est la base ! À cet instant, une idée lumineuse me traverse la caboche. Je vais appliquer la suprême technique d'Alain Basile : le coup de la lévitation ! Ni une ni deux, je m'élance. J'attrape le mec par le col de son polo, je tente de l'empoigner... Là, j'comprends que c'est pas gagné. Mes doigts cognent contre son torse, c'est dur comme du béton armé. J'essaye de l'agripper, mais j'ai le poignet trop fin, mes doigts ripent sur ses pectoraux, j'ai du mal à l'agrafer, je ne trouve pas de prise, je m'y suis mal pris, ça marche pas...

Le colosse se dégage facilement. Il fait un pas en arrière, prend son élan... et paf !!!... Il me colle une grosse beigne en plein pif. Un filet de sang jaillit de ma truffe, j'aperçois des petites étoiles qui dansent autour de moi. Ça aurait pu lui suffire, au mec (enfin, moi j'trouvais), mais non ! Le v'là qui m'bloque dans un coin du couloir. Il s'acharne sur ma tronche : Jabs ! Crochets ! Uppercuts ! Y s'fait plaisir le mec ! Il prend tout son temps, il me lamine, me martèle. C'est un pilonnage intensif, c'est la Marne et la Vendée sur ma gueule. Ses mains sont des battoirs, ses avant-bras des marteaux-piqueurs. Il m'estropie la trogne, me vandalise la poire. C'est de la démolition ! Du gros œuvre ! Y m'travaille un peu avec les coudes… J'suis sûr qu'il pratique la thaï : gestuelle parfaite, mouvements souples et précis, déplacements impeccables, il connaît tous les enchaînements, tous les combos. On sent le mec qui a l'habitude.

Et ça continue… Je sens que mes pieds ne touchent plus terre, je décolle du sol… Il me soulève, me porte à bout de bras, me rentre chez lui, me jette sur l'canapé. J'entends les verrous qui claquent. Je suis pris au piège. Il exige un tête-à-tête et je devine de suite pourquoi : il me veut dans le mafé… à la place du poulet. Ça doit être une pratique du pays, une coutume qui lui rappelle le bled. J'entends l'huile qui grésille dans la poêle. Merde !… Je tombe à pic ! C'est l'heure du déjeuner. J'ai pas envie d'finir en fines lamelles, en accompagnement avec des patates douces et du piment de Cayenne… Je me lève rapidos. J'ai la tête qui tourne. J'aperçois un Velux ouvert, à droite de la gazinière, juste au-dessus du sèche-linge. Je fonce, je caracole. Un gigantesque tam-tam se dresse devant moi. Je bute tout contre, je trébuche, je me rattrape à un poster de Bob Marley, celui où est marqué « *One Love* ». Un vrai bordel, son studio, pas moyen d'circuler… En plus de ça, j'y vois plus très clair, pire qu'à travers des vitres teintées. Je sens ma tronche qui enfle, ça me fait comme des pare-chocs dessus les yeux. J'atteins tant bien que mal la fenêtre. Je m'arc-boute, passe une

jambe à travers l'encadrement. Me v'là à califour-
chon sur l'embrasure. Je mate direction le golgoth.
Il est à quelques mètres de moi. Il fonce bras tendu.
Le mobilier vole en éclats sur son passage, c'est une
véritable tornade qui s'abat sur moi. Il s'apprête à
me saisir ! Si j'bouge pas, j'suis foutu ! Il m'effleure
presque. Je chouffe vers le bas, je tressaille, j'ai le vertige : quatre étages, j'avais oublié ! Mais l'cyclone se
rapproche ! J'n'ai plus le choix : nik omoc le vertige,
j'me jette dans l'vide !

C'est une haie d'arbustes qui m'a sauvé la vie.
Sans elle, j'me serais fracassé la nuque. Quand ils
ont entendu le raffut, les squatters de la cage d'escalier ont rappliqué comme des vautours. Samba, du
haut d'son appart, leur a fait signe de m'terminer. Ils
ont sauté sur ma tête à pieds joints, m'ont mis des
penalties dans la face, m'ont piétiné… Y en a même
un qui a sorti sa teub et qui m'a pissé dessus…

C'est grâce à l'intervention d'un riverain qu'ils ne
m'ont pas achevé. Il a fait barrage devant ma carcasse
et a menacé d'appeler les poulets. Ils se sont alors
éparpillés comme des cafards et j'ai pu, enfin, mettre
les bouts.

J'ai chancelé, comme ça, jusqu'au métro. Dans
la rame, en voyant ma tronche de Quasimodo, les
gens faisaient vice de pas m'voir. Ils étaient tous
traumatisés. Ils tournaient la tête ou fixaient leurs
téléphones… Je les entendais qui chuchotaient entre
eux… Y a juste une vieille dame qu'a pas eu peur et
qui m'a demandé ce qui m'était arrivé. C'est là que
j'ai compris que quand on est vieux, on n'en a plus
rien à foutre de rien.

Le chauffeur de bus n'a même pas daigné me laisser monter. Quand il a vu que je m'approchais de la
porte, il l'a refermée et a enclenché la première. Il
m'a presque roulé sur le pied.

Sur la route je fulminais grave. J'étais persuadé
qu'Alain m'avait envoyé dans un guet-apens. Il savait
pertinemment que je partais au casse-pipe. C'était
purement intentionnel, je ne le voyais pas autrement.
Plus je marchais, plus je sentais la fièvre me monter.
J'avais les nerfs à vif. J'allais lui dire, coûte que coûte,
ses quatre vérités à Alain Basile.

Quand j'suis arrivé, j'ai direct foncé dans la réserve
de l'épicerie. Alain était là, assis sur son siège, il lisait
le *Paris-Turf*. J'allais lui cracher mon fiel à la face
mais j'en ai pas eu le temps. Dès qu'il m'a vu, il m'a
balancé le journal dans la tronche, m'a épinglé par les
épaules et m'a secoué comme un poirier. Il braillait :

— C'est pour qui qu'tu travailles ? C'est quoi ton
plan ? C'est qui qui t'envoie ? T'es une poukave ?
C'est ça ? Tu travailles pour les keufs ? T'es là pour
m'donner ? Hein ? Dis-le ! Dis-le !

Le ciel me tombait sur la tête... Mais, merde,
qu'est-ce qu'il lui prenait ? C'était quoi encore qu'ces
foutaises ? Décidément, c'était pas mon putain de
jour, tout le monde s'amusait à me martyriser. Des
moments comme ceux-là, j'aurais préféré mourir.

— Qu'est-ce que tu racontes ? Qu'est-ce qui t'arrive ? Mais lâche-moi !

Je me défendais, je me débattais. J'avais les larmes
aux yeux, une boule dans la gorge. J'essayais de
comprendre le pourquoi du comment. Alain était

dans un état second, totalement possédé. Il avait la
bave aux lèvres, la mort dans les yeux. Il a fini par
sortir un ticket de caisse de sa poche. Y avait des
inscriptions au dos. J'ai tout de suite reconnu mon
écriture.

— C'est quoi ce truc ? qu'il hurlait. À quoi tu
joues ? C'est pour qui ces billets ? C'est pour les
hnouch ? Tu veux nous faire tomber, c'est ça ?

Il s'est mis à lire. Sa voix tremblait de rage :

C'est le dealer souverain de toute marchandise
Il réceptionne la dope et en dose la divise
Pour le junky qui tape qui gobe ou qui prise
Tôt le matin, j'entame les livraisons
Dans le chaud, dans le froid
Peu importent les saisons

Tôt le matin, j'entame les livraisons
J'esquive la police, bien fou qui s'y fiera
D'aucuns me diront : tu iras en prison
Ont-ils tort ou raison ? Seul l'avenir le dira

Ô grand Mallarmé, j'implore ton assistance
Aime-moi, aide-moi, jette-moi dans les trans
Guide-moi vers les mots, dévoile-moi leur essence
Je leur dirai alors comment mailler en France

J'n'en revenais pas ! C'était donc ça ??!! Oh le
quiproquo ! Oh l'embrouille !

— Mais t'es un grand malade !!!... C'est juste des
poèmes, de la poésie !

— Ah ouais... T'es poète, toi, maintenant ? Je

croyais qu't'écrivais un roman qui se passait pendant la guerre des tranchées ?

— La guerre de 14-18 ? Ah, non ! Mon truc c'est pendant la Seconde Guerre mondiale... De toute façon, j'ai mis ça en stand-by. En ce moment, j'suis dans ma période « poésie ». Poète de « l'urbain », c'est ça que j'voudrais être ! Raconter un peu comment ça se passe ici. La vie du ghetto, les hauts et les bas du métier... Tout ça dans un système métrique parfait. En gros, j'aimerais être le François Villon du XXIᵉ siècle...

— François Villon ? Le ministre ?

— Non ! Le poète du XVᵉ siècle...

Plus jamais on n'a discuté de cette maudite journée. On s'est contentés d'oublier. Quant à la poésie, je l'ai également effacée de mon cerveau. J'ai laissé tomber. Tout bien considéré, je me suis dit que c'était comme la roulette anglaise, foutu d'avance.

13

Ça a mis une éternité à dégonfler. Je suis resté, comme ça, avec la tête tuméfiée pendant de longues semaines. Heureusement, une cliente de l'épicerie, qu'était infirmière, me changeait les pansements quand ils étaient trop dégueus. On faisait ça dans la réserve, quand y avait pas trop de clients.

Dans le quartier, ma tête d'Elephant Man n'a pas trop choqué les gens. Faut dire que les têtes cabossées c'était pas ce qui manquait. On collectionnait les balafres comme d'autres collectionnent les timbres-poste. Je me fondais somme toute assez bien dans le décor. J'étais dans mon jus.

Le point positif quand on a la caboche recouverte de bosses, c'est que les filles prennent un malin plaisir à vous soigner. Je n'ai jamais été autant chouchouté qu'à cette période de ma vie. Et je ne le serai certainement plus jamais.

En plus de la cliente infirmière, j'étais devenu la principale préoccupation des tapins de Gand. Celles qui monnayaient leurs charmes, sous les néons rouges, derrière les vitrines aux rideaux de velours doré.

Faut dire qu'à force de squatter au milieu des travailleuses, on les connaissait toutes, Alain et moi.

C'était devenu de véritables copines. D'ailleurs, entre nous on s'appelait toujours cousin, cousine… Pendant qu'Alain en baratinait une ou deux, moi, je faisais le coursier. J'allais leur chercher des clopes ou de la tise au night shop. J'allais même chez leur dealer quand celui-ci ne pouvait pas se déplacer.

J'avais très bien pigé ce qu'Alain avait derrière la tête. Il essayait de les détourner, il espérait, pour ainsi dire, les faire bosser pour lui, les prendre à son compte. Mais il se méfiait et, l'air de rien, il se renseignait bien avant. Évidemment, il n'avait aucune envie de se faire découper en tranches par un proxo albanais. Alors, il cherchait une gagneuse, une fille qui n'avait pas de maquereau, une bonne poire qu'il pourrait pressuriser sans se faire atomiser derrière. Et c'était pas évident : les trois quarts des d'moiselles étaient maquées, et les quelques rares qui travaillaient en solo n'aspiraient aucunement à partager leur oseille avec Alain Basile. Et je les comprenais tout à fait.

Quoi qu'il en soit, quand elles m'ont vu débarquer avec la tronche en charpie, elles se sont disputées pour savoir qui s'occuperait de moi. Comme je ne voulais pas faire d'embrouille, j'ai décidé qu'elles me dorloteraient chacune leur tour. Alain ne l'a pas explicitement signifié mais j'ai senti une pointe de jalousie dans son regard…

Je garde en mémoire une nuit où, après avoir descendu trop de 8.6, je m'étais écarté de la rue des vitrines pour aller me soulager, tranquillement, dans un coin, derrière un énorme conteneur à poubelles.

En pissant, j'ai remarqué qu'il y avait autant de sacs-poubelle à terre, autour du conteneur, que dans le conteneur lui-même... J'ai maudit trois fois la race humaine.

Alors que j'étais en train de reboutonner mon froc, mon œil a été attiré par un objet métallique qui scintillait dans l'obscurité. C'était juste devant moi, à quelques mètres seulement, au milieu des cageots de fruits périmés et des emballages de fast-food. Je me suis frayé un chemin, j'ai slalomé à travers les ordures, et en mettant un coup de pompe dans un sachet McDo j'ai vu posé là, comme ça, sur le bitume crasseux, un joli calibre tout chromé.

D'habitude, ça m'arrive jamais de trouver quelque chose. J'suis plutôt du genre à paumer des trucs... Mais là, c'était jackpot !

J'étais pas peu fier de ma découverte et j'me marrais déjà en pensant à la gueule que f'rait Alain quand il verrait mon magnifique pétard. J'ai couru à deux cents à l'heure pour le rejoindre. Il était assis sur un rebord de fenêtre, une cigarette à la main, il discutait avec deux filles. Je me suis approché d'eux en sautillant, tout guilleret. Quand il m'a vu, Alain a laissé tomber les filles.

— Ah ! Te v'là enfin, l'artiste !... Faudra vraiment que tu trouves un truc pour ta vessie de fillette ! C'est quand même pas possible d'aller pisser toutes les vingt-cinq secondes ! T'as déjà consulté un toubib ? C'est génétique ou quoi ? Parti comme t'es, va bientôt te falloir des couches ! Remarque, ce qu'y a de bien, c'est que tu risques pas de faire de la rétention d'eau !

Alain a bien vu qu'il commençait à m'chauffer...

— Bon ! Bon ! J'arrête de t'emmerder, qu'il a continué. Soyons un peu sérieux... T'as vu les deux jolies p'tites poules là-bas ?

Il se retourne alors vers les mignonnes et leur adresse un affreux sourire en agitant débilement sa main gauche. Quand il faisait ça, je le trouvais franchement pathétique...

— Eh ben, manque de pot pour elles, le taxi n'a pas pu v'nir les chercher... Elles m'ont demandé si on pouvait pas les raccompagner... Tu te doutes bien de ma réponse... Alors ? Tu dis pas merci à Tonton, l'artiste ? Tu lui fais pas une p'tite bise ? Tu vas tringler à l'œil mon halouf !... Et pas n'importe qui en plus ! Une professionnelle ! C'est pas du flan, mon pote, d'être ami avec Alain Basile, ça procure des tas d'avantages ! Pas qu'un peu en plus !... Et t'as encore la preuve ce soir, sacré veinard ! C'est pas vrai, p't-être ?

— Si, si... qu'j'ai répondu. Mais j'ai un truc à te montrer. Viens voir par ici...

Je l'ai attrapé par la manche et j'l'ai tiré dans une ruelle sombre tout près d'la rue des vitrines.

— Merde ! Mais qu'est-ce que tu fous, l'artiste !? Où qu'tu m'emmènes ? J'te préviens ! Si les filles foutent le camp, je t'étrangle !

Quand on a été bien à l'abri des regards, j'ai soulevé mon tee-shirt et j'lui ai laissé entrevoir le flingue à ma ceinture. J'ai cru qu'il allait faire un arrêt cardiaque. Il est devenu tout fou.

— Sors-le ! Sors-le ! Merde, l'artiste ! Fais pas le con ! Faut que je voie ça ! Faut que je le tienne ! Sors-le ! Sors-le !

À sa façon de me l'arracher des pognes, j'ai de suite compris que le calibre ne m'appartenait plus. En moins de temps qu'il n'en faut pour le dire, c'était devenu SA propriété. J'ai quand même tenté le coup et j'lui ai dit :

— Eh ! Ça s'appelle Reviens !

Il n'a pas répondu… Il a planqué le kebous dans le creux de ses reins, a laissé pendre sa chemise par-dessus et on est partis rejoindre les tapins. Elles n'avaient pas bougé, elles fumaient une clope en nous attendant. Avant de rejoindre la bagnole, on a fait un p'tit crochet par le night shop. On a acheté des cigarettes, des feuilles et une bouteille de Jack Daniel's. C'était jour de fête. En fait, j'en voulais pas tant qu'ça à Alain de m'avoir piqué l'joujou. Qu'est-ce que j'aurais bien pu en foutre de ce machin-là ? On n'était pas en Tchétchénie. Ça lui servirait sûrement plus qu'à moi, sans compter qu'il se rachetait considérablement en nous arrosant d'une teille de Jack. C'était vraiment bien vu de sa part !

Quand on est arrivés devant la bagnole, Alain a hurlé :

— En voiture Simone, enlève ta culotte, c'est moi qui pilote !

On était tous pétés de rire. Je m'suis installé à l'arrière avec l'une des gonzesses, l'autre est montée à l'avant. Alain a fourré le slah dans la boîte à gants, il a fait coulisser la capote du toit ouvrant, et il a mis un CD de funk. Son favori. Sur la route, on a un peu bavardé, moi et la miss. Comme son français était assez approximatif, je devais bien me concentrer pour capter ce qu'elle essayait d'me dire. J'ai fini par comprendre qu'elle et son amie venaient de Roumanie. Elles avaient emprunté de l'argent pour venir vivre en France, et maintenant, elles monétisaient leurs teuchs pour rembourser. On était si proches l'un de l'autre que je sentais sa cuisse contre la mienne. Tout contre… Elle sentait délicieusement bon, je me régalais de son odeur et, malgré toutes les queues qu'elle avait enfournées ce soir-là, je percevais en elle comme quelque chose d'innocent.

Le Jack passait de main en main. On le buvait comme ça, sec, au goulot et, à mesure que la bouteille se vidait, on s'enfonçait un peu plus dans la folie. J'observais Alain par le rétro. D'un œil, il surveillait la route ; de l'autre, il reluquait sa voisine. Quand il avait le Jack entre les mains, il en avalait de longues rasades. Sa tronche tournait à l'orange fluo. Après chaque gorgée, il était pris par des espèces de convulsions, d'horribles spasmes, on aurait dit qu'il avait Parkinson, ça faisait trembler tout l'habitacle.

En observant la pleine lune, à travers le toit « panoramique » de la Merco, j'ai soudain été pris d'une étrange lubie. Le bourbon, la chaleur, la musique à plein volume, les rires des filles, tout ça bourdonnait dans ma tête. Je sentais mon cœur battre dans mes tempes et je m'suis dit subitement : Tiens ! Je vais faire sauter la lune !

Là, je m'suis penché en avant et j'ai plongé ma main dans la boîte à gants. Alain a voulu m'arrêter mais trop tard, je tenais déjà le flingue bien au creux de ma paume. Il s'est mis à gueuler :

— Mais qu'est-ce tu fous ??? Laisse ça là !!!

— T'inquiète ! T'inquiète ! je lui ai répondu. Tu vas voir, tu vas t'marrer !

Je m'suis mis debout sur la banquette arrière et j'ai passé mon buste à travers l'ouverture du toit ouvrant. Le vent glacé me fouettait le visage. Je frissonnais de froid, d'ivresse et de plaisir. J'ai respiré un grand coup, j'ai empoigné le flingue, j'ai tendu mon bras bien haut, j'ai visé la lune et j'ai tiré trois coups. Ta ! Ta ! Ta !

Alain a appuyé sur le champignon. Il a pris un virage terriblement serré, les pneus de la caisse ont crissé, les filles ont poussé des clameurs… J'ai tiré trois autres coups. Ta ! Ta ! Ta ! Les détonations ont claqué dans la nuit. Les balles fusaient vers le ciel, entraînant derrière elles un long sillage de fumée blanche. Elles filaient vers les étoiles à une vitesse vertigineuse. Je m'suis même demandé si, un jour ou l'autre, les bastos, elles ne finiraient pas par l'atteindre, la lune.

Avant qu'on jette les filles chez elles, Alain a eu envie qu'on s'pose un peu. Il a donc arrêté la bagnole dans le parc qu'est en lisière de l'autoroute. Y avait de longues rangées de bancs, des chemins en serpentin et même une grotte artificielle. Comme il faisait un peu frisquet, on s'est dit que ce s'rait bien d'faire un feu.

Du coup, il a fallu (c'est Alain qui m'l'a ordonné) que j'aille ramasser du bois un peu plus loin, dans les fourrés. Je suis revenu avec un tas de brindilles, sauf qu'elles étaient humides. Comme on n'a jamais réussi à y foutre le feu, on s'est vengés sur des poubelles qui traînaient là. Ça dégageait une atroce fumée noire mais ça flambait nettement mieux que les brindilles. Et au moins, ça nous réchauffait pas mal !

Une fois la picole terminée, Alain et sa gonzesse sont allés marcher dans les bois. Moi et l'autre fille, on est restés près du feu. On s'est adossés, côte à côte, à un grand arbre centenaire. On était main dans la main. C'était l'aube, le soleil crevait l'horizon, comme une grosse orange posée sur le bord du monde. En observant, comme ça, devant moi, je me disais que nous, citadins, on a rarement l'occasion de mater aussi loin. En ville, y a toujours un obstacle qui gâche le panorama, un centre commercial ou un complexe sportif qui estropie le paysage. Là où on était installés, on pouvait mater devant nous à perte de vue. Je m'amusais à fixer mon regard sur la ligne d'horizon, là où le ciel et la terre s'aimantent, se rejoignent et se confondent.

J'allais m'assoupir, quand la pute roumaine a posé ses lèvres sur ma joue. J'ai tourné la tête et je l'ai embrassée. J'avais pourtant bien en crâne les recommandations d'Alain : « Défense de galocher les prostituées. » Il répétait souvent : « Une travailleuse, tu lui manges ni la bouche ni l'cul… Ça, c'est réservé à ta femme. » Mais là, tout de suite, j'en avais rien à foutre des conseils d'Alain Basile. Là, j'avais envie de tout lui bouffer à la Roumaine : ses lèvres, sa langue, son ventre, son cul… Je voulais la dévorer entièrement, la grailler dans son intégralité. Après ces brûlants préliminaires, j'ai relevé sa jupe, quitté mon falzar et je me suis fondu en elle... Et alors, son corps contre le mien, à la lueur des premiers rayons du soleil, comme le ciel et la terre à l'horizon, nous ne fîmes plus qu'un.

14

C'est le lendemain qu'Alain a eu sa prodigieuse idée. J'étais tranquillement en train de me secouer la tige en pensant à la Roumaine de la veille, quand il a débarqué dans ma piaule comme un dératé. Monsieur avait un truc urgent à m'dire et, comme d'habitude dans ces cas-là, il a fait l'impasse sur le minimum syndical de la politesse. Frapper à la porte, macache ; s'annoncer, que tchi ! Pas grave, je connaissais la rengaine…

Direct, il a hurlé :

— Ah ! Putain, l'artiste, cache-moi ça ! Merde ! Fous un calbute ou n'importe quoi, mais reste pas le zgeg à l'air !

Je m'suis habillé en speed, j'ai sorti deux bières du frigo et je m'suis assis en tailleur face à lui. J'étais tout ouïe.

— Écoute, l'artiste ! J'ai bien réfléchi. C'est une nouvelle ère que nous vivons actuellement. On peut pas se permettre de rester à la traîne comme des minables ! Le monde bouge, l'artiste ! Et nous, on doit bouger avec !

Il s'est arrêté quelques instants pour réfléchir. Il semblait chercher les mots justes.

— Je suis un visionnaire… Je pressens le monde de demain… Un monde où tout va plus vite. Un monde où tout est possible. Un monde où le même homme peut être à la fois grossiste ET détaillant. Un monde qui va directement à l'essentiel, qui élimine tous les intermédiaires… Oui, c'est ça, l'artiste ! Un monde sans intermédiaires, sans entremetteurs, sans rapaces et autres parasites. As-tu la moindre idée du nombre de gens qui se gavent sur notre dos ? C'est incommensurable ! Gigantesque ! Énormissime ! C'est pas facile à accepter, mais c'est pourtant vrai ! Nous sommes les dindons de la farce ! On se coltine tout le boulot et on récolte les miettes… Et tu sais pourquoi, l'artiste ?

J'ai risqué un hasardeux :

— À cause des intermédiaires ?

— Eh oui ! Bien vu, l'artiste !… Ah ! C'est ça que j'aime chez toi ! Tu comprends vite !

Il s'est alors approché de moi et m'a tapoté la joue de sa grosse main velue.

— Toi et moi, on ira loin, l'artiste ! Tu vas voir ! J't'explique, écoute-moi bien ! Si on veut vraiment s'faire du fric et pas s'contenter des restes, y a pas cinquante solutions : il faut qu'on produise nous-mêmes notre came !

J'ai direct saisi. Il voulait qu'on fasse pousser de la beuh. J'avais rien contre l'principe, j'avoue, mais fallait quand même bien qu'il sache qu'en matière de culture, j'y connaissais que dalle. Moi, j'étais un mec de la cité, un type de la banlieue, et le moins qu'on puisse dire, c'est que j'avais pas vraiment la main verte. Les trucs de paysan, ça m'avait jamais attiré, j'étais un total néophyte.

J'allais lui en toucher un mot, mais j'ai pas eu le temps. Alain a attrapé une feuille de papier et un stylo qui traînaient sur ma table. J'ai cru, l'ombre d'un instant, qu'il allait me demander d'écrire un poème à la gloire du cannabis… J'en étais tout ravi, mais en fait non, la beuh en quatrains, il en avait rien à foutre. Au lieu de ça, il s'est mis à noter frénétiquement une série de chiffres. Il a fait des additions, des soustractions et encore d'autres additions… Vingt minutes plus tard, il m'a montré, sur la feuille, entre mille ratures, un nombre à six chiffres. C'était ce qu'on était censés toucher après un an de production intensive. Mes yeux ont failli s'éjecter de leurs orbites. Jamais dans mes rêves les plus fous je n'aurais osé imaginer pouvoir gagner une somme pareille. Ça m'faisait rêver…

Après avoir pris des infos à droite à gauche dans l'quartier, Alain a fini par dégoter un clampin qui vendait son matériel. Le mec avait tenté de faire pousser de la beuh dans sa cave, mais ça n'avait pas pris. Du coup, sous la pression de sa femme, il revendait tout son matos. Et nous, on était preneurs. Le gars habitait un quartier résidentiel en périphérie du centre-ville. Évidemment, c'est moi qu'Alain avait désigné pour récupérer tout « l'outillage » et le ramener à l'épicerie. Comme le mec bossait en journée, il a fallu qu'j'attende le soir pour m'présenter. Exceptionnellement, et en attendant mon retour, c'est Manu qui tenait l'épicerie. J'aurais tout donné pour voir ça. Je me disais qu'à la vitesse où il éclusait, le rayonnage des bières n'allait pas faire long feu.

Ce jour-là, il pleuvait des cordes et, comme à l'époque le métro ne desservait pas le quartier, j'ai dû me taper la route à pied. Quand je suis arrivé chez le mec, j'étais trempé comme une soupe. Il m'a fait entrer et m'a dit de m'installer confortablement. La maison était spacieuse et respirait l'ordre. Une immense cheminée trônait dans le salon. L'âtre était si large que j'aurais pu m'y allonger. Je pensais qu'on serait tout de suite rentrés dans le vif du sujet, mais, visiblement, il avait tout son temps. Il a commencé par me demander ce que je faisais dans la vie… Comme j'avais pas grand-chose à raconter, il a embrayé direct sur ce que LUI faisait. Il était représentant commercial pour les fenêtres Velux. Mais ce boulot-là était purement alimentaire, pour faire bouillir la marmite, pour pas crever de faim comme il disait. En réalité, sa vraie passion, sa raison de vivre, c'était la photographie. Et ça, j'l'ai bien compris parce qu'il me l'a répété au moins dix fois.

Il a absolument tenu à me foutre sous le nez tous ses clichés dont je me fichais royalement. Il est monté à l'étage les chercher, me laissant seul dans le salon. J'ai bien pensé glisser dans ma poche une ou deux babioles qui traînaient sur la cheminée, mais, très vite, il est redescendu avec une grande enveloppe verte tachetée de ronds noirs. Il a étalé tout son contenu sur la table et s'est tourné vers moi :

— Excusez-moi, j'aurais dû y penser plus tôt mais

vous voulez peut-être boire quelque chose pendant que je vous commente mes photos ?

J'ai failli sursauter. Évidemment que je le voulais, et quelque chose de fort si possible ! Il m'a servi un Chivas dans un verre de cristal de Baccarat. Il a bien fait de le préciser parce que j'avais pas vraiment fait la différence. J'ai donc repris une gorgée de sky en tenant compte de cette information. Et c'est vrai que le sky avait meilleur goût... Du coup, je m'suis dit qu'on devrait tous, et tous les jours, boire dans du baccarat.

Quand, au bout d'une heure, on est enfin descendus à la cave, j'ai immédiatement compris que je n'aurais jamais assez d'un seul voyage pour tout transporter. À vue d'œil, y en avait bien pour cinq ou six allers-retours. Le Andy Warhol du dimanche a proposé de me prêter une brouette pour me faciliter la tâche. J'ai accepté. J'ai d'abord chargé les trucs les plus lourds, les ballasts, les lampes et les réflecteurs, et je suis parti.

J'avais l'air totalement débile, comme ça, en pleine rue, sous la flotte, avec ma brouette remplie à ras bord. Y a même une bagnole qui a roulé dans une flaque, exprès pour m'arroser. C'était quatre jeunes dans une BMW... Après m'avoir éclaboussé, le passager a ouvert sa fenêtre, m'a fait des doigts d'honneur et m'a traité de romanichel. Je n'ai pas rétorqué, j'ai tracé ma route.

Quand je suis arrivé au magasin, Manu était derrière le comptoir. Il semblait ivre... J'ai vidé la brouette dans la réserve, j'ai pris un flash de vodka, un Red

Bull, une petite bouteille de Cristaline, j'ai fait mon p'tit mélange, et hop ! j'suis reparti au turbin. Avant de m'barrer, j'ai quand même demandé à Manu si c'était vraiment indispensable qu'il inscrive sur ma note de crédit la picole que je venais de prendre. Je savais qu'Alain était intraitable là-dessus : on devait noter sur le cahier tout ce qu'on consommait, et lui régler l'ardoise quand on touchait nos sous. C'est comme ça que, tous les 5 du mois, on se retrouvait avec des sommes faramineuses à payer... C'est comme ça aussi que toute l'oseille que me filait Alain pour l'ensemble de mes besognes repartait dans la caisse de son épicerie. Manu m'a fait un clin d'œil comme pour me dire de ne pas m'inquiéter. Ce soir, ma note resterait vierge.

Il m'a fallu, en tout et pour tout, faire huit voyages. Comme la pluie n'avait pas cessé une seconde, j'étais imbibé jusqu'aux os, j'étais persuadé d'avoir chopé la tuberculose, une pneumonie ou un truc dans le genre. Quand, enfin, j'ai déboulé avec le dernier chargement, il était minuit passé. L'épicerie était fermée. Résultat des courses, pour transporter le matériel jusqu'à la réserve, j'ai dû passer par la porte latérale qui donne directement sur l'escalier menant à nos logements. Quand j'ai ouvert la porte, j'ai trouvé Manu complètement avachi sur les marches. Il était étendu, inconscient, la tête tournée vers le sol, les bras le long du corps.

J'ai su le lendemain qu'Alain s'était pointé à minuit, pour fermer le magasin. Il avait trouvé Manu totalement déchiré et somnolant sur le comptoir. Alain, qui aime tant faire dans la douceur, lui avait foutu deux coups de boule. Le premier avait réveillé Manu ; le second l'avait renvoyé dans le coma. Alain s'était pas emmerdé, il avait collé sa carcasse dans les escaliers. Exactement là où il était quand je suis arrivé. J'ai enjambé le pauv' Manu, j'ai grimpé l'escalier et j'suis rentré dans ma piaule. J'devais encore avoir en tête la baraque bien rangée du photographe amateur parce que ma chambre m'a fait l'effet d'un vrai bordel : y avait des cendriers qui débordaient, ma table basse était couverte de filaments de tabac, et le sol était jonché de cannettes et de bouteilles vides. J'ai fermé les yeux pour ne plus voir ça, et je m'suis écroulé sur le plumard.

15

Le lendemain, je n'sentais plus mes bras, je n'sentais plus mes jambes, je ne sentais plus rien. J'étais juste une énorme courbature vivante. Chaque geste me demandait un effort surhumain. J'ai tout de même réussi à descendre à l'épicerie où j'ai avalé, cul sec, trois mignonnettes de Ricard. Principalement pour calmer la douleur, mais aussi parce que j'adorais ça ! J'avais à peine fini de boire mon médoc qu'Alain est sorti de la réserve. L'air de rien, il s'est empressé de noter mes petites consommations sur le cahier des chromes.

Il tenait une brochure à la main. Ça m'a paru bizarre parce que, à part le *Paris-Turf*, je ne l'ai jamais vu lire quoi que ce soit. On est restés un certain temps bras ballants, dans l'arrière-boutique, à contempler tout le matos que j'avais ramené la veille.

— J'suis fier de toi ! m'a dit Alain. T'as fait un sacré boulot !

Il m'a tendu le livret et m'a demandé de lire.

— J'ai oublié mes lunettes, et puis j'suis un peu dyslexique, a-t-il précisé.

J'ai pas pu m'empêcher de penser qu'en fait, Alain

souffrait plutôt d'analphabétisme, mais je n'ai rien dit et j'ai commencé à lire.

— Tout savoir sur le cannabis *indoor*. Et blablabla et blablabla...

J'ai lu pendant un bon moment. Tout était expliqué avec une foultitude de détails. C'était le manuel du parfait « cannabiculteur » ! Impossible avec ça de saloper sa plantation ! Je n'ai eu qu'à feuilleter les premières pages pour comprendre que notre matos ne suffirait jamais. Extracteurs d'air, humidificateurs, ventilos, filtres antiodeurs, hygromètres, contrôleurs d'acidité manquaient à l'appel... Et c'était sans compter les graines, les boutures, les engrais et les sacs de terre. Bref, j'ai tout de suite pigé que les prodigalités ne s'arrêteraient pas là. Alain aussi l'avait compris, et c'est pour cette raison qu'il était si pâle.

Pendant les semaines qui ont suivi, on a donc couru après tout ce qui nous manquait. On est allés partout. Jusqu'au fin fond de la Belgique pour dénicher d'improbables équipements introuvables en France. On a dégoté une gigantesque tente tapissée de tissu réflecteur de lumière, et un énorme générateur électrique fonctionnant à l'essence, ce qui devait nous éviter de faire péter la facture EDF.

Faut dire ce qui est, Alain n'avait pas fait les choses à moitié. Il avait carrément bousillé sa tirelire. Il avait mis le paquet. Avec tout ce qu'on avait récupéré, on avait de quoi faire pousser une deuxième forêt amazonienne. Il n'avait pas lésiné sur les moyens, il avait jeté toutes ses économies dans l'entreprise. C'était pure folie, mais, d'après ses savants calculs, on aurait eu tort de s'inquiéter. Un retour sur investissement pharaonique, voilà ce qu'il promettait. Alain avait fait et refait ses comptes. À chaque fois, le bilan se révélait encore et toujours plus mirobolant. Une fois l'affaire finie, on aurait de quoi se pavaner au soleil d'une île paradisiaque jusqu'à l'apocalypse !

— Quand ce sera bouclé, le seul problème que t'auras dans la vie, c'est de savoir comment claquer ton fric !

J'étais certain qu'il avait pompé cette réplique dans un film, mais j'étais pas foutu de me souvenir dans lequel...

Le grand jour est enfin arrivé. Alain a loué un camion et on a transporté tout le matos dans un hangar qui allait devenir notre chambre de culture. Il paraît qu'ce hangar avait autrefois appartenu au daron d'Alain. Du moins, c'est ce qu'il m'a raconté.

À l'intérieur, y avait trois grandes pièces qu'étaient séparées par de minces cloisons en Placoplatre. L'aménagement avait été réalisé à la va-comme-je-te-pousse et ça se voyait direct. Alain, entre deux taffes de tabac, m'a donné les détails de la future installation : la première pièce, la plus vaste, servirait de chambre de pousse ; la deuxième nous permettrait de faire la récolte, la manucure et le séchage. Quant à la troisième, la plus insalubre, Alain est resté dans le vague et a simplement dit que, pour celle-là, on verrait plus tard. Ça m'a tout de même semblé bizarre d'y trouver une table basse et un matelas posé à même le sol. J'ai pensé qu'un pauvre clodo devait dormir là et qu'il devait s'les cailler parce qu'il n'y avait ni draps ni couvertures.

Alain s'est tout de suite mis au boulot. Il a percé les murs, tracé des tranchées dans le sol, installé la tente, branché les appareils, raccordé les tuyaux d'aluminium, disposé les ventilateurs et que sais-je encore ! C'était un boulot titanesque et Alain Basile, ce jour-là, m'a carrément bluffé ! Un vrai touche-à-tout : mécanique, maçonnerie, plomberie, menuiserie, couverture, réfection, rien ne lui faisait peur ! Il est clair qu'en matière d'artisanat il craignait walou. Il avait véritablement de l'or dans les mains !

Il a sué sang et eau jusqu'au soir pour tout installer. Moi, je servais à rien. Faut avouer que j'ai deux mains gauches, comme disait ma daronne... Alors je me suis contenté de le regarder s'activer, tout en tétant régulièrement la bouteille de vodka que j'avais prise avec moi.

Le matos en place, Alain s'est occupé des graines : il a posé chaque germe entre deux lingettes de coton qu'il avait humidifiées, puis a fourré le tout dans un bocal bien à l'abri de la lumière. Y avait plus qu'à attendre patiemment que les graines deviennent des arbres.

Alors que j'enfilais ma veste et qu'on s'apprêtait à se casser, Alain s'est planté droit devant moi, a posé sa main sur ma nuque et m'a dit :

— Pas la peine de mettre ta veste, l'artiste, toi, tu restes ici...

J'étais pas sûr d'avoir bien entendu.

— Pardon ? qu'j'lui ai dit.

— Eh ! Quoi, l'artiste ? T'as quand même pas cru

qu'on allait laisser ce superbe potager sans surveillance ? Tu sais pour combien qu'y en a là-dedans ? Et y a même pas d'alarme !

— Merde ! Putain ! Alain, t'es pas sérieux ? T'es quand même pas en train d'me dire que je vais passer la nuit dans cet entrepôt désaffecté ?

— Tout de suite les grands mots ! T'as pas vu qu'j'ai aménagé une petite chambre, exprès pour toi ? Y a rien qui manque ! J'ai tout prévu ! Tu vas être comme un pacha, ici !

— Quand tu dis « aménagé une petite chambre », c'est pas de la table basse et du matelas que tu parles, j'espère ?

— Mais t'inquiète pas ! C'est qu'un début, l'artiste ! On avisera au fur et à mesure, on te rajoutera de l'ameublement... Dès qu'on aura rentré un peu de fric, on t'installera confortablement. Sûr que dans un an, cette piaule ressemblera aux lofts des bobos du centre-ville !

— Un an ? Dis-moi que c'est une blague ? Tu te fous de ma gueule ? Je suis censé rester un an dans ce dépotoir ? Putain, mon pote, faut p't-être pas prendre tes rêves pour la réalité !!! Jamais de la France je reste un an dans ce taudis ! Plutôt crev...

Alain m'a pas laissé terminer. Il a explosé comme une Cocotte-Minute. Sa gueule se déformait à mesure qu'il hurlait :

— Nerdine bebek ! Petit enculé ! Petite raclure ! Après tout ce que j'ai fait pour toi ! Tu joues avec moi, c'est ça ? Je t'habille ! Je te nourris ! Je te loge ! Et au moindre petit service que je te demande, à la moindre faveur que j'te réclame, tu bats en retraite !

Tu fuis ! Tu fais la pute ! Mais ça marche pas comme ça, mon p'tit pote ! On se fout pas de la gueule d'Alain Basile en toute impunité ! Tu veux pas dormir ici ? Tu veux pas veiller sur notre mine d'or ? Très bien ! Pas de soucis ! Casse-toi ! Sauve-toi ! Mets les voiles ! Nik omoc ! Mais j'te préviens, c'est même pas la peine de repasser à l'épicerie… Si tu t'arraches, j'veux plus jamais revoir ta sale petite tronche ! Tu disparais de ma vue ! Tu vas en Asie, en Amérique, sur la lune, où tu veux mais plus jamais je veux apercevoir ta dégaine de charognard rôder autour du Hannut ! Comment ? Moi, j'te propose un plan en or, une aubaine exceptionnelle, l'affaire du siècle, de quoi sauver ton cul de raté ! Mais toi, non ! T'es pas content !!! Tu fais des manières ! Tu rechignes ! Tu chipotes ! Tu te plains ! Tu cherches midi à quatorze heures ! Tu veux savoir si le matelas est molletonné ? Si la cuvette des chiottes est à ton goût ? Oh ! Pardonnez-moi, très cher ! Pardonnez-moi, Monsieur, vous auriez peut-être préféré que je vous réserve une chambre au Carlton ? Et cette chambre, vous l'auriez voulue avec ou sans petit déjeuner ? Moi, j'te demande rien, l'artiste, ou en tout cas pas grand-chose ! Juste un peu de patience…

De l'entendre me parler comme ça, j'me suis jamais senti aussi humilié ! J'aurais dû lui hurler à la gueule que moi aussi j'lui rendais des services, et même que j'avais failli en crever quand il m'avait envoyé récupérer une enveloppe chez l'autre baltringue ! Mais j'ai rien pu sortir de ma putain de gorge nouée, que quelques mots d'excuse bafouillés. Je m'suis trouvé encore plus minable que d'habitude, et franchement j'en aurais chialé !

— J'vais te dire un autre truc mon petit pote, et crois-moi, c'est pour ton bien… J'pense sérieusement que tu devrais y aller mollo sur la picole, nan mais franchement tu t'es vu ? À ton âge ? Tiser autant ? C'est du jamais-vu ! T'es un véritable pochtron ma parole, un putain de carvissin… À ce train-là, j'te le dis, tu vas pas faire long feu… C'est pas sérieux, l'artiste, ouallah c'est pas sérieux… Si je t'ai pris cette petite piaule, c'est pas seulement pour la plantation, c'est aussi pour que tu te recentres sur toi-même, que tu te remettes en question… Tu sais, l'artiste, la vie, moi, j'la connais, et c'que j'peux te dire, c'est que j'en ai vu défiler des tocards… Un tas de mecs qui pensaient pouvoir gérer le biberonnage, qui pensaient pouvoir arrêter quand ils voulaient, mais quand ce truc-là t'attrape, c'est foutu, ça te lâche plus, c'est comme un chien enragé que t'as en permanence sur le dos… Je sais que j'suis mal placé pour te faire la morale, moi aussi j'ai mes petits vices, mais c'est pas pareil, l'artiste, moi, j'suis déjà vieux, j'ai déjà un pied de l'autre côté. C'est une occasion en béton que j'te donne là, une occasion d'arrêter cette merde avant qu'il soit trop tard…

Putain, j'aurais préféré crever plutôt que de lui avouer, mais il avait pas tout à fait tort. La tise était en train d'me foutre en l'air. J'me métamorphosais à vue d'œil. J'avais totalement perdu le contrôle. Ma consommation était passée de plaisir à envie pressante, et d'envie pressante à besoin vital. À vrai dire, ça faisait des mois que je ne lâchais plus la bouteille, elle était comme greffée à ma main, si j'avais pu, j'me la serais carrément foutue en perfusion, accrochée à un porte-sérum, direct en intraveineuse. Les Miel Pops au petit déjeuner, j'en avais rien à foutre, moi, c'que j'voulais, c'était de la vodka, et fraîche si possible. J'me doutais bien qu'un jour ou l'autre je devrais redescendre, retourner à la cruelle réalité de c'monde pourri, et j'sentais que plus je reculais l'instant fatidique du sevrage, plus la note serait salée. Comme un joueur qui double sa mise à chaque fois qu'il perd. Tant qu'il continue à jouer ça va… Mais au moment de faire les comptes, c'est une autre histoire, c'est là que ça se gâte. Le plus douloureux, c'est pas la chute, c'est ce putain d'atterrissage.

Bref ! C'est comme ça que j'me suis retrouvé à passer ma première nuit dans ce hangar pourri, niché au milieu de nulle part. Au nord, y avait des terrains vagues à perte de vue ; au sud, un immense talus de caillasses où seules quelques mauvaises herbes avaient osé s'installer. Pas âme qui vive à des kilomètres à la ronde ! Voilà pour les décors extérieurs.

Le hangar, lui, ne tenait debout que par habitude. La charpente risquait de s'effondrer à tout moment. La moitié des tuiles du toit s'était fait la malle, et comme il a plu des trombes cette nuit-là, j'ai pu profiter gratis d'une piscine olympique… L'intérieur était du même acabit. D'épaisses couches de salpêtre recouvraient des pans de murs entiers et ce qu'il restait des plafonds. Le sol était « agrémenté » d'un imposant tapis de poussière. Ça puait la crasse et la moisissure. Impossible pour moi de fermer l'œil. Je me revois encore arpentant de long en large ce lieu sinistre. Comment avais-je bien pu me foutre dans cette galère ? Les phrases assassines d'Alain Basile dansaient la bossa-nova dans ma pauvre caboche. Je le détestais, je le haïssais. J'aurais tellement aimé être fort, juste assez pour lui tenir tête, lui résister, pour lui dire qu'il me cassait les couilles avec ses idées à la con. Lui balancer que je m'en branlais totalement de faire pousser de la beuh, de gagner un, deux ou dix millions d'euros... que tout ce que je désirais, moi, c'était être peinard... Mais il ne l'aurait jamais compris. Avec lui, y avait que l'oseille qui comptait. L'oseille, encore et toujours. Le reste, c'était que tchi, des inepties, des futilités. Du temps utilisé pour faire autre chose que du blé, c'était du temps perdu, du temps foutu, un point c'est tout ! J'ai compris, à ce moment-là, que l'argent c'est comme la religion, quand ça vous rentre dans la tête, c'est impossible à faire ressortir.

Épuisé, j'ai fini par m'écrouler sur le matelas. Étendu, comme ça, au milieu des ventilateurs et des pots en terre, j'ai ressenti au plus profond de moi, et comme en plein cauchemar, l'ampleur abyssale de ma solitude.

16

La culture de cannabis « *indoor* » se déroule en deux étapes. La première appelée « la croissance », et la seconde « la floraison ».

Lors de la croissance, les plantes sont exposées aux lumières artificielles des néons, dix-huit heures sur vingt-quatre. Les six heures restantes, elles sont plongées dans l'obscurité la plus totale. La température doit alors avoisiner les vingt-quatre degrés et le taux d'humidité ne doit pas être inférieur à quatre-vingts pour cent.

Pendant la période de floraison, elles passent autant de temps dans le noir que sous les lumières artificielles, à savoir deux fois douze heures. La température, elle, doit être constante. Quant au taux d'humidité, il doit demeurer aux alentours des soixante pour cent.

Gérer un tel équilibre, c'était pas de la tarte. Ça m'demandait une attention de tous les instants ! C'est à ça que servaient les appareils qu'on avait récupérés : maintenir l'illusion d'un climat tropical et faire croire aux plantes qu'elles poussaient dans les forêts luxuriantes du Kilimandjaro. Aux moindres relâchements, la récolte serait naze. Faut pas déconner avec la nature, faut pas tricher avec elle, elle le sent direct quand on se fout de sa gueule.

Comme une poule veillant sur ses poussins, j'arrosais chaque plant avec précaution, j'augmentais ou diminuais la puissance des humidificateurs, j'étais attentif à la bonne circulation de l'air, j'élaguais les feuilles des plants trop volumineux, je vérifiais que les lampes s'éteignaient et s'allumaient au bon moment… Bref, je soignais chaque pied de beuh avec la rigueur méthodique d'un colonel prussien.

Quand Alain était là, au moment de l'arrosage, il insistait pour me voir porter un chapeau de paille et une immonde paire de bottes en caoutchouc. Accoutré de la sorte, j'avais tout d'un authentique cul-terreux, mais ça nous faisait toujours bien marrer…

Contre toute attente, j'ai fini par prendre goût à mon nouveau boulot. Je me découvrais même un talent insoupçonné, celui du parfait botaniste. Tant et si bien qu'au bout d'un mois et demi le hangar s'était transformé en jungle équatoriale. Les pieds de beuh grandissaient et m'arrivaient maintenant au nombril. Plus ils s'épanouissaient, plus mon travail se compliquait. Les plants ne devaient pas s'étouffer les uns les autres, et il fallait donc que je les élague régulièrement. Je devais aussi les arroser sans en oublier un seul et, quand il s'agissait d'atteindre les plants du fond, c'était un véritable parcours du combattant. Je jouais alors les acrobates, je me contorsionnais, me pliais en quatre, pour traverser tout l'espace. Quand je me promenais, comme ça, à travers les plantes, je me prenais pour un géant explorant la canopée d'une forêt lointaine, terrifiante et sauvage. Manquait plus que les tigres et les éléphants, et on se serait cru en Inde.

J'ai été étonné de me voir apprécier le job de « cannabiculteur » ; je l'ai été encore davantage en constatant que je m'adaptais à mon nouveau taudis. Quelques jours après mon emménagement, Alain est venu avec un pot de peinture rouge et de la colle à joint. Il a foutu quelques couches d'amarante par-ci, par-là, un peu de mastic à gauche, à droite, il a pris du recul pour regarder l'ensemble de son travail, et a décrété que tout était parfait. En fait, à bien y regarder, c'était pas plus moche que ma piaule au-dessus de l'épicerie. Seulement un peu plus humide.

Le gros défaut du hangar, c'était l'absence de commodités. Y avait juste un robinet qui crachait une eau trouble et glacée. Alors douche, toilettes et eau chaude, fallait pas y compter. Vu le contexte, j'avais pris l'habitude de pisser dehors mais, l'hiver approchant, j'ai eu peur qu'un jour ou l'autre une rafale de vent polaire me transforme le zboub en glaçon. Le vent du nord, ça plaisante pas, ça vous congèle les couilles en moins de deux. Pas étonnant qu'on n'ait jamais vu un réalisateur de films porno tourner dans les Hauts-de-France. Les acteurs seraient pas crédibles. Surtout pour les scènes « en extérieur ». Du coup, c'est un des pots de beuh qui me servait de chiotte… Pour être sûr de le reconnaître et de ne pas saccager toute la culture, j'ai noué une fine cordelette à l'une des branches de son pied. De toute façon, j'pissais que de la bière ou de la vodka et, dans mon délire, j'me disais que ce s'rait tout bénef pour la plante, qu'elle défoncerait sûrement deux fois plus...

Un beau matin, alors que je venais de finir de m'occuper des plantes et que je méditais allongé sur ma paillasse, après c'que m'avait dit Alain le mois dernier, j'ai pris la décision d'arrêter de boire. Depuis qu'on avait eu la petite discussion sur mon alcoolémie outrancière, j'arrêtais pas d'y penser, et c'est vrai que j'en avais marre d'être toujours dans les vapes. Je voulais voir un peu comment était la vie, sans ce voile brumeux que j'avais en permanence devant les yeux. Voile qui me protégeait du monde et, en même temps, m'en isolait.

J'me suis donc assis en tailleur sur le matelas, j'ai allumé un joint, et j'ai attendu de voir comment ça se passait. Prêt pour un tour de grand huit. J'avais quand même mis une bouteille de rhum de côté, juste au cas où... un peu comme on embarque un gilet de sauvetage avant de grimper sur un voilier et de voguer sur l'océan. J'ai attendu. Un long moment. C'était facile au départ. En tout cas, ça le paraissait. Puis c'est venu. Ça a commencé par de petits picotements juste au niveau des doigts de la main droite, ça s'est prolongé dans le poignet, jusqu'à atteindre tout l'avant-bras. J'ai senti un frisson me parcourir l'épine dorsale, soudain j'ai eu très chaud, puis très froid, puis chaud et froid simultanément. L'Antarctique au milieu du Sahara. Mes genoux se sont mis à grelotter, mes dents à claquer, ma cage thoracique à se creuser. Je pensais que ça s'arrêterait là, j'me disais « Bah ! c'est pas si terrible que ça... », mais en fait, non, c'était que les prémices. C'était les rafales de vent annonçant l'ouragan. Quelques minutes plus tard, les tremblements se sont étendus à tout mon corps. Je secouais de partout, mon estomac se convulsait, j'avais les jambes qui swinguaient, je dégoulinais de sueur, la tête bouillante, comme dans une friteuse. Les pensées négatives m'ont alors assailli, j'étais noyé dans un océan de désespoir, partout où mon esprit se posait je ne voyais que souffrance, misère et tourment. J'avais perdu toute lucidité, toute faculté de réflexion. J'étais dans un état de totale prostration. Littéralement figé, abattu, accablé, persuadé que ma mâchoire allait se fracasser tant elle se contractait.

Plusieurs fois, j'ai failli me jeter sur le rhum de secours, il me suffisait de quelques gorgées pour abréger mes souffrances, quelques gorgées pour passer de l'enfer au paradis. Voir cette bouteille devant moi, c'était une véritable torture, j'étais comme un prisonnier qu'on laisse crever de faim, tout en lui déposant un bon plat chaud de l'autre côté de ses barreaux. J'ai rassemblé les dernières forces qu'il me restait et j'me suis levé bien décidé à vider la bouteille dans la plante qui me servait de gogues. Mais au dernier moment, j'me suis ravisé, à quoi bon faire du gâchis, j'me suis dit qu'c'était plus sage de la planquer sous un tas d'ordures à l'extérieur du hangar. Après tout, on savait jamais, elle pourrait toujours servir.

Ça a été dur, mais j'ai pas cédé, j'ai résisté, serré les dents, et tenu le choc. J'me suis accroché à la vie, comme un alpiniste à son rocher.

Avec le temps, les pensées morbides se sont estompées, il m'a fallu à peu près une semaine pour retrouver l'usage de la raison. Faut dire que m'occuper des plantes ça m'a pas mal aidé, je pensais beaucoup à la beuh, et donc moins à l'alcool. C'est ça le secret : remplacer une activité par une autre. L'esprit, c'est comme la nature, il a horreur du vide.

Cette nouvelle vie m'a obligé à revoir l'organisation de mes journées. Je me levais vers midi, je m'occupais de mes bébés, et je fonçais à l'épicerie faire un brin de toilette. Dans son infinie bonté, Alain avait daigné ne pas sous-louer ma piaule à un autre tocard. Donc, à part les quelques fringues et quelques livres embarqués au hangar, le reste de mes babioles m'attendait bien sagement dans le studio. Ma toilette terminée, je descendais à l'épicerie et j'attendais Alain en me demandant quels nouveaux baratins il allait encore me sortir pour la journée.

Désormais, toutes nos discussions, à Alain et à moi, tournaient autour de la beuh et de ce qu'elle allait nous faire gagner. Les chiffres l'obsédaient, il refaisait mille, dix mille, cent mille fois les calculs. Il noircissait des centaines de pages, bousillait des tonnes de cahiers. Ça le prenait, comme ça, n'importe où, n'importe quand… Sur l'autoroute par exemple… Il se foutait alors en balle sur la bande d'arrêt d'urgence, farfouillait partout pour trouver ses calepins, soulevait les tapis, matait dans la boîte à gants, sous les sièges, dans les poches de sa veste… Parfois, il sortait même de la caisse pour aller pister dans le coffre. Les camions défilaient à nos côtés dans un fracas démentiel. Ces putains de poids lourds rugissaient dans les ténèbres. J'avais l'impression qu'ils nous frôlaient de quelques centimètres… Plusieurs fois j'ai cru que c'était la fin. Nos corps aplatis, écrabouillés, par trente-deux tonnes… Mais finalement non, ça n'arrivait jamais…

Il le trouvait enfin, son calepin… Il tournait furieusement les pages, retrouvait plus ce qu'il cherchait, puis il passait à une autre opération, dans un autre calepin… Il le pliait, il écornait, arrachait des pages, les balançait par la fenêtre… Ensuite, il bloquait, pendant dix minutes, sur un calcul… Il attrapait son stylo, il biffait, raturait, soulignait, il ajoutait des ratures sur des ratures. Il foutait de l'encre partout avec ses conneries, il dégueulassait tout l'intérieur de la bagnole. Il énumérait, comme ça, à voix haute, l'étendue des dépenses. Il notait tout scrupuleusement : Générateur : 3 200. CoolTube : 600. Lampe à croissance : 800. Lampe à floraison : 1 200. Voir s'allonger ainsi la colonne des dépenses altérait considérablement son humeur. Il n'en revenait pas d'avoir claqué autant de fric et, invariablement, il s'en prenait à moi. Me regardant du coin de l'œil, il me lançait :

— Ah ! Toi, évidemment, tu t'en fous, l'artiste ! T'as pas déboursé un centime… Tu t'sens pas concerné ! Ça te passe par-dessus ! T'en rigoles même ! J'suis sûr que tu te bidonnes de me voir brûler autant d'oseille ! Avoue qu'ça te fait marrer !

Je ne répondais rien, je le laissais dans sa vibe ; je n'voulais surtout pas l'énerver davantage. Quand il avait fini de décharger sa hargne sur moi, il se penchait sur les futures rentrées, les retours sur investissement. À nouveau, il repartait dans les calculs, les opérations et les ratures. Il y mettait encore plus de passion, plus de fougue, plus de folie. Il se sentait revivre ; soudainement tout devenait possible. Y avait plus de limites aux bénéfices... C'était Byzance à portée de main, c'était la *Santa Maria*, c'était 1492...

Et tout à coup, je reprenais du galon, je redevenais son pote, son ami, son frère ! J'étais son bras droit, son associé, et pas n'importe lequel, bordel de merde, le meilleur parmi les meilleurs ! Il n'avait pas assez de mots pour me féliciter : conscience professionnelle exceptionnelle, ardeur au travail, investissement total au service des plantes, sacerdoce ! et j'en oublie... Les louanges pleuvaient ! Il lui arrivait même, quand il avait trop bu, de me donner l'accolade ! Ensuite, il replongeait dans les chiffres, mais, cette fois-ci, c'était pour évaluer ma part... C'était plutôt fastidieux. Fallait rien omettre ! Y avait plein de paramètres à prendre en compte... J'étais pas un partenaire du dimanche, moi ! Je méritais une belle part du gâteau, c'était promis, juré ! Il écrivait enfin, parmi un tas de gribouillages, le montant de ma quote-part. Une somme plus que rondelette, bien comme il faut... J'osais à peine regarder, de peur de me brûler les yeux...

Lorsque au petit matin Alain me déposait au hangar, j'avais des sommes plein la tête. Les nombres dansaient dans ma caboche, les chiffres faisaient la farandole, c'était comme au retour d'une soirée loto.

Après m'être occupé un peu des plantes, je m'affalais, lessivé, sur le matelas. Parfois, je restais un peu à l'extérieur, devant le hangar, à observer le soleil se lever sur le terrain vague. À force de solitude et de méditation, je sentais tout mon être s'aiguiser, s'étendre, s'affiner... Mon corps, mes goûts, ma pensée... Tout en moi tendait vers la finesse... Je regardais le ciel et je devenais fin, je devenais céleste.

17

Le truc avec Alain Basile, c'est qu'il avait été amené,
au fil du temps, à détester ses propres clients. Ceux de
l'épicerie, j'entends. Rien qu'à les mater, eux et leurs
faces bouffies, leurs peaux luisantes et leurs bouches
poisseuses, il faisait une crise d'urticaire. À peine
étaient-ils entrés dans le magasin qu'Alain se sentait
défaillir. Si encore le mec se contentait d'acheter ses
merdes et se taillait illico, ça passait encore... Mais si
un clampin s'avisait d'entamer la discussion, là, c'était
foutu. Direct Alain tournait de l'œil. Il était saisi par de
violents vertiges, il devait se cramponner au comptoir
tant il tremblait des guibolles. Les clients lui foutaient
le tournis et le faisaient gerber ! Toujours il me disait
qu'il ne tiendrait pas longtemps à ce rythme-là, que ça
se terminerait mal, et que ces pourris-là finiraient par
le faire crever. Pour se rassurer, il voulait sans cesse
qu'on lui prenne le pouls, qu'on lui palpe les artères.
Il bassinait tout le monde avec ça... Il lâchait plus son
chronomètre, il comptait tout haut les pulsations...
Un battement de cœur légèrement suspect et il parlait
d'infarctus. J'ai dû me rendre aux puces pour trouver
un oxymètre d'occase. J'ai fouillé tous les stands, mais
le seul truc que j'ai pu dégoter, c'est un vieux stétho-

scope artisanal. On s'est amusés quelques jours avec et puis on l'a balancé dans le canal.

Le fait est qu'Alain ne tolérait plus les brèves de comptoir. Il ne voulait plus entendre déblatérer contre tout et rien : politique, sport, économie… Walou ! Toute discussion l'horripilait… Il voulait plus qu'on le fasse chier avec les problèmes du quotidien. Il en avait sa claque d'entendre les gens se plaindre pour des futilités alors que lui était mouillé jusqu'au cou. Tout ce fric investi dans la plantation, ça le foutait à fleur de peau, ça le rendait complètement dingue. Quand il était pris d'une crise d'angoisse trop intense, il me téléphonait et me demandait de rappliquer illico presto à l'épicerie. Il hurlait dans le combiné, il s'égosillait à en perdre la voix. Je devais alors cavaler à son secours, toutes affaires cessantes. Quand j'arrivais, je le trouvais planqué dans la réserve, clope au bec, calepin de comptes à la main. En sueur, le souffle court, le teint verdâtre, il louchait sur les chiffres… Quand il s'apercevait enfin de ma présence, il se levait de son siège et me disait :

— Fais bien gaffe au Hannut ! J'ai des courses à faire, je reviendrai pour la fermeture…

Rester, comme ça, enfermé dans le magasin au milieu de toutes ces bouteilles, ça me laissait forcément songeur. J'me remémorais le bon vieux temps, l'époque bénie où l'alcool ne m'était pas encore interdit. Je faisais défiler dans ma mémoire toutes les bitures que j'avais prises en attendant Alain. Mentalement, je revivais ces délicieux moments, j'me rappelais avec une infinie tendresse toutes les expériences que j'avais faites, tous les alcools que j'avais testés. Faut dire qu'en ce temps-là, j'me prenais pour une sorte de scientifique, c'est d'ailleurs dommage que j'aie jamais pensé à prendre des notes. N'empêche, j'arrêtais pas d'me dire que c'était quand même la belle vie, juste avant que cette putain de sobriété ne vienne tout gâcher. J'avais un mode opératoire bien précis : d'abord, j'attaquais avec les blancs : moelleux, secs, chardonnay, sauvignon, riesling… Je voulais connaître tous les cépages, m'enivrer de toutes les saveurs. Quand j'en avais fait le tour, je tapais dans les rouges. Y avait encore plus de choix, plus de terroirs à découvrir. J'adorais le bordeaux… J'appréciais aussi le côtes-du-rhône, le gaillac, le bourgogne et le cabernet. Là encore, je voulais tout essayer, tout déguster. Je devais cependant faire gaffe : Alain ne devait, en aucun cas, se rendre compte que je défonçais les bouteilles du rayonnage. Je m'arrangeais donc pour ne laisser aucun espace vide sur les étagères. Il fallait que mes rapines passent inaperçues. Je remplaçais alors une bouteille par une autre, je tapais dans les invendus, j'inscrivais ça dans la case « pertes et profits »… Je notais tout de même quelques dépenses sur le cahier des chromes, histoire d'être crédible. Alain savait pertinemment que j'étais incapable de passer plus d'une heure sans picoler, je devais donc veiller à ne pas lui mettre la puce à l'oreille… Mais en vérité, pour un euro que je marquais, j'en éclatais dix autres. Putain, y a pas à dire, c'était vraiment la vie de rêve.

J'étais un soir, comme ça, en train de rêvasser à ces mémorables cuites, quand j'ai vu débarquer, accompagnée d'une nuée de gosses, une femme drapée d'un long voile noir… Elle paraissait à bout de nerfs.

Au premier abord, je me dis, c'est une cliente, elle vient pour du lait, des couches, ou un truc dans le genre. Je vois qu'elle galère à faire entrer sa poussette, la porte était trop étroite, ça coinçait dans les angles. J'accours donc… Je saisis le landau par le bas, je le soulève et le tire vers l'intérieur du Hannut. En croisant le regard d'un des mômes, j'ai été choqué, je ne sais pas pourquoi, mais j'étais persuadé de l'avoir déjà vu quelque part.

À peine elle pose un pied dans le magasin qu'elle m'apostrophe violemment :

— Il est où Ali ? Où que c'est qu'il est ? Faut que j'lui parle immédiatement !

Ah ! Encore une épouse éplorée qui cherche après son alcoolique de mari ! me suis-je dit.

— Je suis désolé m'dame, mais y a pas d'Ali ici. Vous devriez faire le tour des bars-tabacs du coin, il y sera p't-être !

Elle fonce alors vers le rayon des fruits et légumes, attrape un énorme concombre et me le brandit sous le nez, toute menaçante.

— J'vous préviens, monsieur ! Faut pas jouer au con avec moi ! J'sais pas qui vous êtes, j'sais pas ce que vous foutez ici, et j'm'en fous pas mal ! Mais moi, j'viens d'me taper une heure de bus avec mes gosses, alors j'suis pas d'humeur à plaisanter ! J'veux voir mon mari et lui dire deux mots ! Ali Bachir, vous l'connaissez sûrement puisque vous êtes là ?! Ça fait des semaines que ce baltringue n'est pas rentré chez nous, et j'veux savoir où il est ! Avec une de ses garces, sans doute, ou en train de jeter nos sous par les fenêtres, de foutre en l'air nos pauvres économies ! C'est quoi cette fois-ci ? Hein ! Dites-moi ! Vous l'savez, vous ?!... C'est le poker ? Le bingo ? Les lévriers ? Les billes ? Le tir à l'arc ? Qu'est-ce qu'il a choisi pour nous enfoncer encore plus, pour nous achever complètement ?

Voyant que je ne mouftais pas, elle a repris de plus belle :

— Ah Seigneur ! Seigneur ! J'aurais dû écouter mon pauv' père ! Il m'avait pourtant bien dit de pas me marier avec cette racaille. J'ai pas voulu l'écouter et v'là le résultat ! Ah ! Pauv' papa ! Tu dois te retourner dans ta tombe à m'voir si malheureuse...

Je ne savais pas vraiment quoi faire, j'étais tout embrouillé, je n'étais pas sûr d'avoir bien compris.

— Ali Bachir ? Vous voulez sans doute parler d'Alain Basile ?

Elle se fout à rigoler comme une folle à lier. Alain Basile ! Ah ! Oh ! Ah ! Elle s'étrangle tant elle se marre. Elle arrive plus à articuler, elle me postillonne à la tronche, elle me défie du regard.

— Ah ! Ah ! Alain Basile ! V'là des années qu'j'avais pas entendu ce blaze débile... Alain Basile ??? Mon pauv' monsieur ! Mais c'est pas comme ça qu'il s'appelle votre escroc de patron ! Son nom c'est Ali Bachir !... Et moi, je suis Ourkiya Bachir, sa femme !

— Ah merde !

J'étais totalement sidéré, la bouche toute béante. C'était quoi encore que ces conneries... J'étais dans la cinquième dimension. Je ne savais plus qui croire. J'allais de surprise en surprise. Je me disais quand même que c'était pas sérieux, qu'elle se foutait sûrement de ma poire, puis, en regardant à nouveau la tête des mômes, j'ai été contraint d'admettre qu'elle disait vrai... Les gosses étaient le portrait craché d'Alain Basile. Y en avait même un qui commençait déjà à avoir de la moustache... Il avait à peine cinq ans.

Voyant que la fatigue et le trop-plein d'émotions la faisaient vaciller, je l'ai installée dans la réserve en attendant qu'Alain rapplique. Pendant ce temps-là, elle m'a tout raconté, même les détails les plus intimes, et v'là à peu près ce que j'en ai retenu :

Quand elle l'a rencontré, Alain faisait encore les foires et les marchés en banlieue. C'était un génie de la vente de bric-à-brac. Y en avait pas deux comme lui pour fourguer de la camelote inutile... Chiffons triple épaisseur, huile pour rendre la barbe soyeuse, chargeurs et coques de téléphones portables, baguettes en plastique pour fermer hermétiquement les sachets de congélation... Le parfait bonimenteur ! Il était si doué qu'il aurait réussi à bazarder des radiateurs en plein désert ! Il avait tout fait, tout vendu... C'est à cette époque qu'il avait francisé son blaze. Il pensait que ça passerait mieux auprès de la clientèle, que ça faciliterait les ventes.

— C'est sur un marché que j'l'ai vu pour la première fois, m'a-t-elle dit. Y avait une foule pas possible autour de lui, mais il ne semblait voir que moi, et moi, j'étais hypnotisée ! J'étais venue pour acheter des wassingues et je suis repartie avec une demande en mariage ! Mon père n'était pas d'accord. « Ce

n'est qu'un beau parleur ton Ali ! qu'il me disait. Tu
s'ras jamais heureuse avec lui ! Il va t'apporter que
des emmerdes ! » Mais j'ai rien voulu entendre...
« Je l'aime et je veux vivre avec lui ! Et personne
ne m'en empêchera ! » que j'lui disais à mon père...

Après leurs fiançailles, Ali avait ouvert La Belle Saison, et ils s'étaient installés ensemble dans un HLM
des quartiers sud. Alain lui avait juré que c'était provisoire, qu'il comptait gagner assez de thunes pour se
tailler avec elle dans un pays chaud où ils pourraient
se prélasser sur du sable fin, à l'ombre des coco-
tiers... Et elle l'avait cru ! Mais ça faisait maintenant
sept ans qu'elle attendait, et rien n'avait changé... Il
avait toujours l'épicerie et ils habitaient toujours le
même appart merdique. J'ai pensé qu'à trop compter
sur les autres, on finit toujours par être déçu.

C'était pas évident de capter tout ce qu'elle disait...
Son récit était entrecoupé tantôt d'éclats de rire, tantôt de sanglots. La voir passer ainsi du rire aux larmes
me déconcertait totalement.

Pendant que leur mère se confiait, les gosses
foutaient un bordel monstre dans l'épicerie. Ils
grimpaient sur les gondoles, se balançaient des clé-
mentines à la gueule, ouvraient des cannettes, explo-
saient des paquets de chips, répandaient le tout sur
le sol... En moins de temps qu'il n'en faut pour
le dire, la boutique s'était transformée en véritable
chantier. Mais bon, j'ai pas osé faire de remarques
désobligeantes sur leur éducation. C'était bien assez
la merde comme ça...

Ce qui m'intriguait, moi, c'était son long et ample
voile noir... Je me demandais comment on pouvait se

mouvoir dans un carcan pareil. Ce n'était pas humain de supporter un tel fardeau, surtout en été. Ça faisait comme une grosse couette noire qui lui débordait de partout. Elle paraissait ensevelie sous le tissu, noyée sous son étoffe. On lui voyait à peine le visage, et d'ailleurs, elle n'était pas vilaine du tout, elle devait même avoir été très mignonne. Mais les bobards d'Alain lui avaient amoché la face, ça se voyait qu'elle avait souffert. Le stress lui avait déformé les traits de la figure. C'était plus des fossés qu'elle avait sous les yeux, c'était des ravins. Tout jaune et bleu. Elle était fort creusée des joues. Elle faisait peine à voir.

N'empêche que j'ai senti direct qu'il y avait un bon feeling entre nous. En quelque sorte, que nous soyons, tous deux, les victimes d'Alain Basile, ça nous rapprochait un peu. Ça nous donnait une raison de nous entendre, on se sentait légèrement soudés, on se comprenait. De plus, je trouvais que, comme moi, elle respirait l'instabilité… Ce qui la foutait en l'air, en plus des baratins de son mari, c'était la routine qui s'était installée entre eux. Alain ne la regardait plus, il passait son temps à mater tous les culs de la planète, excepté le sien. Au fond, c'est le manque d'attention qui la flinguait réellement… Un être humain peut tout encaisser, sauf qu'on ne le désire plus. Elle avait besoin de changement, d'évolution, de voyage. Dès lors, j'ai compris qu'elle et moi on était faits du même bois, on était semblables… En la regardant je me disais, comme moi, elle a au plus profond des tripes une âme et un instinct de Gitan.

Au bout d'un moment, elle a quand même fini par se tranquilliser… Chacune de ses phrases était ponctuée d'un long et profond soupir. Elle tentait de me soutirer des informations sur Alain. Elle voulait m'avoir à la pitié, elle essayait de m'amadouer pour que je crache le morceau. Je lui aurais bien dit, moi, tout ce que je savais... Mais je savais que tchi ! Il ne me disait jamais ni où il allait ni ce qu'il branlait, il faisait toujours le mystérieux. La pauvre, je ne pouvais pas l'éclairer davantage... Elle ne me croyait quand même pas... Elle était persuadée que je me perdais en subterfuges, que j'essayais de la filouter, de lui jouer du violon... Elle faisait alors une douce voix, comme le ronron d'un chaton.

— Voyons, mon cher ami, vous avez bien une idée de là où il est ? Vous connaissez sûrement les dévergondées qu'il fréquente... Au moins une... Allez, s'il vous plaît, donnez-moi juste une adresse !... Je vous promets de n'pas faire de scandale... Tout s'passera bien ! Je n'ai qu'une parole vous savez, et j'la tiens toujours. (Et, se tournant vers les marmots :) Regardez ces jolies petites têtes brunes... Ils ont besoin d'Ali, c'est pas une vie pour eux de grandir sans jamais voir leur père !

Quand elle a compris que je n'avais rien à balancer, elle est repartie en vrille, elle a replongé dans les pires furies. Elle a hurlé dans toutes les gammes possibles et imaginables, elle émettait des sons que je n'avais jamais entendus auparavant, des beuglements tout à fait inédits... Elle faisait preuve d'un aplomb surprenant pour un si petit gabarit. Elle m'a d'abord accusé des pires atrocités, soupçonné des plus infâmes dégueulasseries... Et aussi d'être la pire saloperie que la Terre ait jamais portée. Puis elle m'a saisi par le col, m'a tiré d'un coup sec et a collé son front contre le mien. Merde ! j'ai pensé. C'est une putain de manie dans cette famille que d'attraper les gens au colback…

Les insultes ont continué à pleuvoir, me rhabillant du même coup pour l'hiver. Sa voix, partie dans les aigus, me transperçait les tympans. Elle hurlait à s'en fendre la gueule :

— Si bien vous autres, vous êtes tous les mêmes… Bons qu'à nous baratiner et à nous foutre en cloque. Mais quand faut assumer, y a plus personne ! C'est le vide intersidéral ! Tous les rats quittent le navire ! C'est la trahison ! La débandade ! On abdique ! On capitule ! On déclare forfait ! On plie bagage ! Ah ! Des promesses… Ça, oui ! À foison ! En pagaille ! À la pelle ! Y a qu'à se baisser pour les ramasser… Oh ! J'en ai entendu, moi, vous savez ! On m'a tout promis, tout certifié, tout garanti ! Ah ! Ça oui ! On m'a fait espérer ! On m'a bernée ! Et plus d'une fois encore ! On m'a vendu du rêve ! On a abusé de ma bonté ! De ma gentillesse ! On m'a servi des « t'inquiète pas » à toutes les sauces… Et comment que je m'inquiète ! Et y a de quoi ! Vous ne trouvez pas ? Il me persécute ! Me traumatise ! Me tue à petit feu ! Il m'esquinte ! Il m'étouffe ! Il me crève ! Il m'éteint ! Oui voilà ! C'est ça, monsieur ! C'est le mot juste ! Il m'éteint ! Il me prive de lumière ! Je suis une ombre ! Une ombre dans l'obscurité ! Voyez bien ! Ma mine ! Mes yeux ! Mon regard ! Je ne suis plus qu'un spectre, un fantôme ! Oui ! Voilà tout ! Un fantôme ! Mais vous savez quoi, monsieur… C'est terminé ! Rhlass ! Je tire ma révérence ! Je rends mon tablier ! Je vous le dis clair et net... entre quatre yeux... Dorénavant, ce sera la guerre ! Vous pouvez le prévenir, monsieur, ce soir, je fous les affaires de cette raclure à la rue, et je change les serrures ! C'est dit ! Voilà monsieur ! Je reviendrai plus en arrière ! C'est décidé ! C'est mektoub ! C'est irréversible !

J'essayais, moi, de calmer le jeu, de ne pas attiser sa colère. Je la jouais médiateur, je temporisais le temps qu'Alain se pointe...

— Mais non, madame, faut pas dire ça... faut pas prendre de décision aussi hâtive... Surtout dans ces affaires-là... Faut jamais se précipiter...

— Ah fermez-la, vous ! elle m'interrompt. Vous êtes qui d'abord ? Vous avez l'air bien jeune. Votre mère est au courant que vous êtes ici ? Vous devriez aller la rejoindre, monsieur... Voilà où est la place d'un fils... À côté de son père et de sa mère, et pas ailleurs !

J'étais scotché. Je ne savais pas quoi rétorquer. J'ai juste bredouillé un minable :

— Euh non madame, je ne pense pas qu'elle sache.

— Ah, et puis je m'en balance ! Chacun ses problèmes ! J'en ai déjà cinq à m'occuper, je ne vais pas m'en rajouter... Monsieur, vous direz à mon cher ex-mari que c'est terminé ! La fête est finie ! Vous lui direz que ce n'est pas la peine qu'il rentre... Ni ce soir, ni demain, ni jamais ! Vous lui préciserez bien que cette décision est irrévocable ! Ali et moi, c'est de l'histoire ancienne...

18

C'est à ce moment même qu'Alain a déboulé dans l'épicerie. Il avait l'air grave et sombre. Ouf ! j'ai pensé. On est sauvés.

Il ne l'a pas vue arriver tout de suite... C'est quand il a entendu les vociférations qu'il l'a captée. De la voir, comme ça, dans le magasin, ça lui faisait tout drôle, il n'en croyait pas ses yeux. Ça faisait des années qu'elle n'avait pas mis un pied dans le Hannut... Au début, il pensait que ses sens lui jouaient des tours, que c'était un mirage dû au stress et à la fatigue... C'est quand elle s'est raidie droit devant lui avec le couteau à pain qu'il a saisi... Ce n'étaient ni des blagues, ni des visions, ni un effet d'optique. Sa femme était bel et bien face à lui, prête à le pourfendre, à le trouer comme une passoire. Heureusement, Alain, c'est une force de la nature. Il l'a désarmée en deux temps trois mouvements. Ça l'a rendue encore plus hargneuse. Elle était terrifiante d'agressivité, toutes griffes dehors... Elle lui arrachait des lambeaux de peau, elle lui plantait ses ongles dans les yeux, elle voulait lui crever la rétine, lui transpercer les prunelles, lui faire jaillir le globe oculaire...

Alain faisait tout ce qu'il fallait pour la raisonner.

Bien sûr, il se défendait contre les attaques, mais sans trop la secouer tout de même... Il faisait le délicat, il y allait avec précaution. Surtout, il évitait les gestes brusques. Il ne voulait pas lui faire mal, il ne voulait pas qu'elle se serve de la douleur comme prétexte...

Il n'en finissait plus de miauler... Il était plein de flatteries envers elle, il la caressait dans le sens du poil.

— Mais... Mon petit zlebiya d'amour, mon makrout adoré, mon sublime loukoum... Qu'est-ce qui t'arrive ? Qu'est-ce qui te prend ? Qu'est-ce que tu fais ici ? Tu sais que je n'aime pas que tu viennes au Hannut... Y a eu un problème à la maison ? Pourquoi tu ne m'as pas appelé ?

Elle ne le laissait pas poursuivre, elle lui coupait automatiquement la chique.

— T'appeler ? T'appeler ? Mais je n'ai fait que ça... Ça fait des semaines que je t'appelle... Mais Monsieur est trop occupé pour décrocher, occupé à tringler ses putains... Espèce de cafard ! Sale rapace ! Je suis censée m'occuper comment du foyer ? Je sais pas si t'es au courant, mais pendant que tu mènes la belle vie, pendant que tu t'éclates comme un dégénéré... les factures continuent de tomber ! On est en retard sur tout ! Y a plus un euro dans la caisse ! Et pendant ce temps-là... Monsieur profite ! Il se laisse aller ! Il se détend ! Il se prélasse ! Au moment même où il faudrait se remonter les manches, ce pauvre crétin, ce macaque insouciant, se la coule douce... J'ai tout fait pour toi ! J'ai rompu avec ma famille ! Avec mes amis ! J'ai mis fin à mes études ! Tu voulais des enfants ! Je t'en ai fait cinq ! Tu comprends ça ? J'ai éjecté de mon vagin une équipe de basket-ball pour te faire plaisir ! J'ai souffert le martyre ! Tout mon intérieur est foutu ! Mes boyaux sont déchiquetés ! Ma choune ressemble à un chou-fleur ! Et tout ça pour quoi ? Pour que Monsieur disparaisse ! Qu'il s'évapore ! Qu'il se vaporise ! C'est donc ça le remerciement ! C'est ça que j'y ai gagné ! Un mari absent ! Un zouave qui préfère la compagnie des poufiasses plutôt que celle de sa famille ! Un dévergondé ! Un homme sans moralité ! Un flambeur-né ! Pas une once de sensibilité ! Pas un gramme d'honneur ! Je m'évertue à faire tourner la baraque ! Je me saigne aux quatre veines pour que les petits ne manquent de rien ! Je me prive de tout ! Je me consume ! Je me dissous ! Alors que Monsieur, lui, est bien tranquille ! Il se vautre dans les jouissances ! Il se corrompt dans la boisson ! Il participe à des orgies ! Il en oublie sa religion ! Ivrogne ! Fornicateur ! Mécréant ! Cochon d'Inde ! Ça fait des lustres que tu dois m'emmener en vacances ! Tu m'as promis mille fois ! Mille fois j'ai espéré ! Sept malheureuses années et pas un week-end en amoureux ! Pas une sortie galante ! Rien ! Cacahuète ! Zeubi !

Le souvenir des vacances, ça l'a fait repartir en sucette... Elle voulait plus rien savoir, elle voulait juste la peau d'Alain Basile, séance tenante.

Il a tenté de reprendre le contrôle... Je voyais bien à sa tronche qu'il s'impatientait. La gêne se peignait sur son visage. Fallait qu'il reprenne la main, et vite... Il ne supportait pas de se faire incendier, surtout comme ça, devant moi, juste sous mes yeux.

Ça lui foutait en l'air son aura, ça le faisait forcément chuter de son piédestal.

— Mais je t'emmènerai en vacances, Habiba, ma princesse, ma reine, ma Shahrazade... Je t'emmènerai où tu voudras... Mais faut attendre pour ça ! J'ai des affaires urgentes sur le feu... Je ne peux pas m'en aller comme ça... Tout laisser en plan et me barrer faire le mariole aux Baléares... J'ai des impératifs ! Des responsabilités ! Bientôt, je ne te dis pas quand... mais bientôt... je te ferai une belle surprise... on s'en ira juste toi et moi, loin d'ici, à Argelès ou à Perpignan... Je te le promets... Inchallah...

— Pardon ! Hein ! Quoi ! Répète un peu ça pourriture ! Qu'est-ce que tu me racontes là ? Inchallah, c'est ça que tu dis ! Hein ! Sale poissard ! C'est bien ça que t'as braillé ? T'oses me dire Inchallah ! À moi ? À ta victime ! À ton souffre-douleur ? Pauvre débraillé ! Misérable débauché ! Inchallah mon cul ouais ! Voilà où tu peux te le mettre ton Inchallah.

Alain ne savait plus où se mettre... D'entendre sa femme parler si vulgairement, ça lui perturbait tout l'organisme, ça lui détraquait tout son système interne. Son cuir chevelu s'est soudainement mis en branle, il avait la tignasse toute vibrante... Ses tifs se sont dressés droit sur son crâne ovale, on aurait dit un hérisson.

— Ne dis pas ça, mon canard... Tu vas nous attirer les foudres... Tu vas nous attirer le malheur... Ne blasphème pas s'il te plaît... Tu vas nous plonger dans le haram...

— Le haram ? Tu sais ce que je lui dis, moi ? Tu sais ce que je lui fais ?

Elle se fout subitement à enlever son voile… Elle se l'arrache, d'une traite, d'un coup d'un seul… Elle le triture, le malaxe, le déchire, le réduit en pièces… Elle balance le tout en l'air… Ça nous retombe dessus, ça fait comme une pluie de confettis, comme à un anniversaire.

Alain demeurait totalement ahuri… Il restait, comme ça, pétrifié, immobile, les bras ballants, les yeux écarquillés, tout vaseux, liquéfié… De larges veines violettes lui couvraient l'ensemble de la face. On aurait dit une carte de réseaux autoroutiers. Il regardait les flocons de tissu voltiger dans les airs. Il semblait avoir buggé. Il respirait à peine. Il était plus vraiment là.

Enfin… Au bout d'un moment, il s'est réveillé.

— L'artiste, ferme tes yeux et retourne-toi… il a gueulé.

Il avait les foies que je reluque sa femme à demi nue, que je la piste en mignonne petite lingerie… À vrai dire, je n'avais pas perdu de temps. Je m'étais déjà largement rincé l'œil. Elle avait un corps sec et musclé, des petits seins bien droits et pointus… Du genre qui n'ont pas besoin de soutifs pour se tenir. Tout ce que j'aime en somme.

Il a tenté de la recouvrir par tous les moyens, avec tout ce qui lui tombait sous la main. Des feuilles de Sopalin, du film alimentaire, des sachets plastique… Il savait plus où donner de la tête. Il s'agitait comme un bouffon, il gesticulait dans tous les sens. Il voulait à tout prix lui dissimuler chaque parcelle de peau. Il n'admettait pas que sa femme puisse se trimballer, comme ça, peinard, les nichons à l'air… C'était inacceptable, pire que la pire des infamies.

Mais rien n'y faisait... Elle ne se laissait pas recouvrir, elle se débattait comme une lionne. Alain a même, un moment, tenté de la ligoter avec un câble électrique... Mais elle se démenait bien trop énergiquement. Elle se défendait bec et ongles, elle refusait de se laisser ficeler comme un gigot.

Il a finalement abdiqué... Il a sorti le drapeau blanc et l'a laissée filer. Elle était bien trop effrontée pour qu'il entreprenne quoi que ce soit. Il a sûrement pensé qu'il valait mieux stopper les dégâts maintenant, avant que toute cette histoire ne dégénère et ne se termine en abominable boucherie. J'étais pour une fois entièrement d'accord avec lui.

J'ai cru qu'Alain ne sortirait jamais de ses rêveries. Il restait, comme ça, le regard dans le vague, plongé dans les vapeurs, absorbé par ses propres pensées... C'est seulement vingt minutes après le départ de sa femme qu'il a repris ses esprits. Il m'a lancé l'air de rien :

— Faut pas t'inquiéter pour Ourkiya, l'artiste. Ça lui arrive de temps en temps... C'est de petites crises passagères. C'est intense, je te l'accorde, mais crois-moi, c'est passager. Faut que tu comprennes bien... Ma femme n'a pas eu une vie facile. Elle a grandi au bled, tu comprends ? C'était pas rose tous les jours. Il lui est arrivé de drôles d'histoires au pays... Des histoires effroyables, qu'il vaut mieux ne pas raconter ici, de celles qui te glacent le sang. Faut que tu saches qu'Ourkiya, là d'où elle vient, les gens sont tous plus ou moins sorciers. Le moindre plouc à la ronde en connaît assez en magie noire pour te maudire sur dix générations. Les gosses, dès le plus jeune âge, sont initiés aux plus ignobles crapuleries. On les fout dans le bain dès l'enfance… On les dresse à coups de sorts et d'incantations. C'est pas les mathématiques qu'on leur apprend, là-bas, à l'école… non, c'est plutôt comment trancher les couilles d'un mec à distance, sans même l'approcher, rien que par la parole. En invoquant les djinns de l'enfer ! Ah ! C'est terrible, l'artiste ! Les djinns de l'enfer ! Tu comprends ça ? Le shaytan infernal ! Elle est en proie aux démons ! Elle est ensorcelée ! Totalement jnounée ! De la tête aux pieds ! Ça date de son enfance… Un sort qu'on lui a jeté quand elle était môme… Voilà tu sais tout ! Psahtek ! Ouallah c'est pas des conneries, l'artiste… On lui a porté le mauvais œil ! Ouallah Ladim, c'est la vérité… Un démon l'envoûte ! Un esprit la dévore de l'intérieur ! Voilà la sombre réalité… Le shaytan la domine ! Il règne sur elle en véritable despote… Un abject maléfice ! Pauvre Ourkiya ! Ah ! Miskina ! Miskina ! Destin cruel ! Odieuse fatalité !

Merde ! J'étais scié ! Ça alors… Voilà que maintenant Alain s'en remettait à la mystique. C'était sensationnel, éblouissant, magistral. Il n'avait décidément peur de rien… L'art divinatoire, les mauvais esprits, les djinns de l'enfer, le shaytan infernal… Tout s'expliquait.

19

Le lendemain, alors que j'étais en train de pioncer, j'ai eu la bonne surprise de voir Alain débouler dans le hangar. Je comprenais pas ce qu'il foutait là, ça faisait un bail qu'il se pointait plus à la plantation, j'me disais que s'il avait fait le déplacement, c'était pas pour rien, il devait sûrement être arrivé quelque chose de grave. En l'apercevant j'ai failli ne pas le reconnaître, il ressemblait plus à rien. Il était tout jaune, avec des cernes jusqu'au menton, une vraie face de zombie. En plus d'être éreinté, il paraissait vraiment à cran, remonté comme une pendule. De le voir débarquer, comme ça, sans raison, ça me foutait franchement les jetons, j'me demandais quelle connerie il avait encore trouvée pour me bousiller la journée. Quand il s'est approché de moi pour me faire la bise, j'ai eu un mouvement de recul, cet enculé puait le whisky. Putain, c'était quand même dégueulasse de m'faire ça ! Merde, quoi, il aurait quand même pu faire un effort, j'sais pas moi, prendre une douche, se brosser les dents ; en tout cas pas venir me souffler son haleine d'Irlandais en plein dans la gueule. Fallait pas qu'il oublie que c'était lui qui m'avait cassé les burnes pour que j'arrête de boire, il savait bien que j'étais encore fragile, à deux doigts de basculer ; des moments comme ça, j'avais envie de lui mettre un bâton de dynamite dans le cul et d'allumer la mèche.

— Écoute, l'artiste, j'vais pas passer par quatre chemins, faut qu'tu fais quelque chose…

— Faut qu'tu fasses…

— Hein ?

— Faut que tu fais, ça existe pas… On dit faut que tu fasses, ça s'appelle le subjonctif… Ça te dit quelque chose, le subjonctif, tu connais ?

— Ouais, ouais, si tu veux, peu importe, on s'en branle… Faut que tu fasses quelque chose pour moi… J'ai passé toute la nuit à réfléchir, et…

— À réfléchir ? T'en es certain ? Moi, c'est pas le terme que j'aurais employé…

— Wesh, l'artiste, y a quelque chose qui va pas ? T'es de mauvais poil ou quoi ? Qu'est-ce que t'as à me les briser comme ça pour rien… Commence pas à m'interrompre toutes les deux secondes, parce que sinon ça va pas le faire, au cas où t'aurais pas remarqué j'suis vraiment pas d'humeur… Bref, c'que j'veux c'est que tu m'écrives une petite lettre pour Ourkiya… Juste quelques mots, pas grand-chose, pour qu'elle sache à quel point je l'aime…

Putain, j'me serais attendu à tout sauf à ça. Cette enflure voulait impressionner sa femme avec un petit mot d'amour et c'est moi qui devais m'y coller ; même ça, il en était pas capable, j'allais lui dire que quitte à lui écrire des petits billets romantiques, autant qu'ce soit moi qui la baise, mais à la vérité, j'ai pas osé… Alain avait beau être épuisé et au bout du rouleau, ça l'aurait pas empêché de m'écraser avec deux doigts…

Et puis ça me dérangeait pas de relever le défi, ça faisait un moment que j'avais rien écrit. Une manière, pour moi, de remettre le pied à l'étrier.

— Bouge pas, j'lui ai répondu... J'vais te faire ça sur place.

J'ai roulé un missile histoire d'me donner un peu d'inspiration, et je m'y suis mis... Quand deux heures plus tard j'ai eu fini, Alain somnolait sur le matelas. J'suis pas certain que la petite sieste l'ait vraiment requinqué, il avait la tronche encore plus en vrac qu'avant de s'endormir. C'était un somme de cinq jours qu'il lui fallait, pas deux heures par-ci, par-là. Bref, je lui ai tendu le papier, et il l'a lu à haute voix.

Ma chère Ourkiya,

Avant de balancer cette lettre à la poubelle, je te prierai de la lire jusqu'au bout. Voilà maintenant des nuits que, torturé par d'infernaux questionnements, persécuté par d'infinis troubles, je n'ai pas fermé l'œil. Je me demande sans cesse quel crime ai-je commis, si ce n'est celui de trop t'aimer. Ourkiya, voilà le seul crime dont, sans conteste, on pourrait m'accuser : trop t'aimer. Face à cette accusation, je plaide coupable. Et c'est avec un plaisir non feint que j'accepterai ma sentence. Mais avant de me clouer au pilori, daigne au moins écouter mes arguments. Ne me regarde pas comme un avocat qui tenterait de convaincre un jury, plutôt comme un condamné à mort qui s'exprimerait avant son exécution. Que nous est-il donc arrivé ? Que sont devenus ces merveilleux sentiments qui nous habitaient et que nous avions juré de ne jamais laisser choir ? Je ne veux croire que la flamme de notre amour s'est éteinte, je ne m'y résoudrai jamais. Penses-tu réellement que je pourrais vivre sans être aimé de toi ? Autant essayer de vivre sans respirer. Comment pourrais-je abandonner celle à qui je dois tout ? Celle qui fut pour moi un refuge inamovible, un abri au beau milieu de la tempête, une oasis dans le désert. Celle qui m'a réchauffé quand j'avais froid, nourri quand j'avais faim, abreuvé quand j'avais soif. Je suis aujourd'hui comme l'exilé qui ne vit que de privations et de regrets.

Je ne pense pas mériter les reproches dont tu m'accables, ni le mépris dont tu me charges. Tout ce que j'ai fait, je l'ai fait pour nous. Toutes ces nuits où j'étais absent, je les passais dehors, à prendre mille et un risques, à frôler la prison, afin de nous offrir un avenir meilleur. Et si je ne t'en ai jamais parlé, c'est parce que je ne voulais pas voir l'inquiétude se dessiner sur ton beau visage. Me voilà déchargé d'un bien lourd fardeau. Maintenant, tu connais la triste vérité. J'espère que tu feras preuve d'indulgence, et que tu comprendras qu'au lieu d'être la cause de ton chagrin j'en suis la victime. Ce que tu appelles mes torts, je les nomme mes malheurs, et ce que tu penses être mes fautes, ce ne sont, en fait, que mes misères. Du fond du cœur, cesse de me blâmer, tu devrais plutôt me plaindre.

Tu me manques comme le jour manque à l'aveugle.

Ton mari

— T'es sûr que ça va lui plaire, l'artiste ? Parce que, la vérité, j'ai pas compris grand-chose... C'est quoi ces histoires de prisonnier, de refuge dans le désert, et de mec aveugle ? T'es certain de ton coup ?

— T'inquiète pas, Alain... Quand elle aura lu ça, elle te tombera directos entre les pognes.

20

Le départ de la femme d'Alain Basile a marqué le début d'une longue suite de crasses et d'emmerdements... Y a pas à dire, les poisses, c'est comme les loups, ça se trimballe toujours en meute.

Environ trois semaines après cette journée inoubliable, Alain a reçu une lettre recommandée. J'en avais jamais vu d'aussi épaisse. Elle était toute grise, avec les rebords argentés, l'effigie de Marianne bien visible, plaquée à l'encre en gras, en haut à droite de l'enveloppe. Ça sentait le sapin.

Alain l'a longuement tenue entre ses mains avant de la décacheter. Quand il l'a enfin ouverte, je l'ai vu pâlir. L'administration s'était penchée sur son cas et le convoquait pour une série d'entrevues. Ça puait la hass à plein nez...

Il avait tous les services fiscaux sur le paletot : Urssaf, CAF, Tracfin, RSI, etc. Rien que des acronymes fumeux qui semblaient avoir été tout spécialement créés pour mieux ruiner la vie des administrés. Même les services de l'hygiène sont venus lui casser les klaouis. Soi-disant que les congélateurs n'étaient pas à la bonne température, que la chaîne du froid n'était pas respectée, que les dates de péremption étaient dépassées… Bref, tout un paquet de prétextes fallacieux pour mieux nous enfiler.

Cela avait tout du harcèlement.

Le fait est que les temps changeaient : les petits proprios dans le genre d'Alain passaient tous à la trappe. L'État ne voulait plus du sous-entrepreneuriat. Seuls les gros poissons étaient à même de résister, ceux qui avaient le coffre assez solide, des fonds de roulement suffisamment costauds. Les autres n'avaient plus qu'à dégager, à fermer la boutique, illico presto… La vie, c'est comme un tournoi de foot, c'est souvent les petits qui sautent en premier.

C'est la CAF qui a ouvert les hostilités en ne versant plus à Alain les allocs (soit les deux tiers du loyer) de ses locataires qui, eux, occupaient toujours leurs piaules, ne payant que le tiers restant à leur charge. S'il voulait à nouveau toucher les aides au logement de ses locataires, Alain devait de toute urgence remettre les apparts aux normes. Mais même ça, c'était pas évident, fallait être hyper vigilant, hyper scrupuleux. Parce que les normes, c'est pas figé ! C'est comme les paroles d'un politicien, ça fluctue, ça évolue, ça mute, et la norme d'aujourd'hui est souvent l'hérésie du lendemain !

Après avoir fait faire un p'tit devis au black, comme ça, histoire de… il est apparu que le montant des travaux de réhabilitation dépasserait largement la valeur du bâtiment. Alain était baisé de tous les côtés. C'était le serpent qui se mordait la queue. Une sublime carotte comme seul l'État est capable d'en mettre.

Dans la foulée, les services fiscaux ont décidé la

fermeture provisoire de La Belle Saison. Il leur fallait un certain temps, voire un temps certain, pour « éclaircir la situation comptable du magasin ». Faut dire que niveau paperasses, Alain cochait aux abonnés absents, une véritable calamité ! Lui, c'était un mec à l'ancienne, il savait faire du fric, c'était incontestable, mais tout ce qui était TVA, défiscalisation, cahier des charges… ça lui sortait par les trous de nez, ça l'écœurait à l'en faire dégueuler… Le mot n'existait pas encore, mais une chose est sûre, c'est qu'Alain était atteint d'une « administrophobie » sévère !

C'était la coulade, la banqueroute, la dèche totale. Il en devenait de plus en plus irascible. Il pétait un câble pour un rien, il se laissait bouffer par la paranoïa. Souvent, c'est après moi qu'il en avait, je m'en mangeais plein la gueule pour pas un rond. Surtout la nuit quand il avait trop bu, ou le matin quand il venait de se réveiller. En même temps, il n'avait plus que moi… Tout le monde l'avait lâché. J'avais même appris par Manu que les mecs à qui Alain avait avancé du matos ne se bousculaient pas pour le rembourser. Entre autres, y avait la bande de Gremlins qui faisait des siennes. D'après la rumeur, leur boss, alors qu'il s'enfilait une rebié dans un bar du quartier, avait déclaré à qui voulait l'entendre qu'Alain pouvait se carrer ses thunes bien profond dans le fion et que jamais il cracherait le moindre euro. Ça la foutait plutôt mal…

Le soir de la fermeture administrative de La Belle Saison, Alain et moi, on s'est posés sur un banc tout près du magasin, devant le canal. On a fumé quelques clopes, puis Alain m'a dit qu'il devait passer un coup de fil. Alors on s'est levés, on a monté l'escalier qui menait à la rue, et on a marché vers l'une des rares cabines téléphoniques encore en fonctionnement.

En matant Alain en train de téléphoner dans la cabine, je n'ai pas pu m'empêcher de faire un parallèle entre lui et cette espèce de cage en verre aux vitres crasseuses : leur fin à tous deux était annoncée. Et soudain, Alain m'est apparu comme un dinosaure, un cheval en fin de course, un lascar dont la race était sur le point de disparaître. Et tant d'autres choses disparaissaient : les cabines téléphoniques mais aussi les cartes prépayées qu'on achetait pour pouvoir y téléphoner. Les bars-tabacs dans lesquels se vendaient ces cartes prépayées. Finis les vendredis soir où les ouvriers se retrouvaient au café du coin, après l'usine, pour y claquer leur paye en liqueurs et apéros. Finie la race des flambeurs, la race de ceux qui dépensaient sans compter, de ceux qui brûlaient l'oseille comme si demain n'existait pas. Finie encore l'époque des grands seigneurs qui laissaient des pourboires plus élevés que le montant de leur note. Fini tout ça ! Et bienvenue dans le monde de l'épargne, de la prudence, des placements à cinq pour cent. Bienvenue aux restrictions et à la chasse aux économies de bouts de chandelle. Bienvenue, enfin, à ceux qui traversent la moitié de la ville parce qu'ils savent qu'il y a une station où le litre de gasoil coûte trois centimes de moins qu'à la pompe près de chez eux.

Finie l'époque des indépendants, des p'tits patrons, des débrouillards, des magouilleurs en tout genre. Fini le temps des turfistes, des mecs qu'étaient capables de miser leur paye sur la tête d'un bourrin... ou de jouer leur bagnole, leur appart et même leur femme sur deux cartes dépareillées. Finie l'époque de « la passe », du « craps » et du « vingt-et-un », les parties de dés qui duraient plus de quarante-huit heures ! Fini le temps des tripots clandestins, des arrière-salles enfumées, des smicards qui, sur un lancer, jouaient une année de salaire. Finis les buveurs de whisky, les amateurs de « baby », les mecs qui carburaient, dès l'aube, au Chivas sec, sans glaçons.

Finis les bas de laine, les cagnottes privées, les magots sous le matelas, les liasses de biftons qui glissaient de la main du client à la poche du commerçant ! Bienvenue dans le monde d'aujourd'hui où tout est cloisonné, cadenassé, où y a plus moyen de faire un euro tranquille, plus moyen de tricher, où toutes les caisses enregistreuses sont traquées, pistées, directement reliées au centre des impôts.

Finie l'époque des escrocs, des charlatans, des baratineurs, des affranchis. Les mecs qu'en jetaient plein la vue, les mecs flamboyants, les mecs « au radar » qui rôdaient jour et nuit à l'affût d'un pigeon à déplumer. Finis les gars qui préféraient crever la dalle que de taffer pour un patron, les types sans diplôme et sans formation qui survivaient grâce à leur tchatche, qui avaient fait de leur langue un fonds de commerce.

Finie l'époque des pickpockets, des mecs aux doigts de fée, des mecs qui faisaient le « zdam » comme personne… et qui, veste roulée sur le bras, faisaient « la tirette » aux touristes et aux étourdis ! Aujourd'hui, y a plus un kopeck dans la poche du voisin. Pour l'plumer faut s'former à l'Internet, monter des sociétés-écrans, surfer sur le darknet. T'as pas gagné un centime que t'en as déjà claqué mille !

Fini le temps des Golf GTI, des survêts Lacoste jaune fluo, des 501 Brut, de la paire de Stan Smith blanche. Bienvenue à la haute couture et aux gros caïds qui ne jurent que par elle, se sapent comme des top-modèles, se retrouvent avec des fringues improbables sur le dos, des déguisements tout juste bons pour les carnavals.

Finie l'époque des bons vivants, des types qui vivaient à deux cents à l'heure, qui ne respiraient que pour la flambe, qui n'existaient que pour « la tchitchi » ! Finis les mecs cheveux gominés et plaqués en arrière, petite chaîne autour du cou, gourmette en or au poignet et qui, la nuit venue, prenaient l'accent italien : « Ma que bêla Bella Regaza ! »

Finie l'époque des assistés, des incompétents, des « cassos », des branleurs, des mecs qui, à quarante ans, vivaient encore chez leur daronne et qui, sortant de leur pieu à 3 heures de l'après-midi, trouvaient toujours du linge propre dans la bassine et un bon p'tit plat recouvert d'alu dans le micro-ondes.

Finie l'époque des mecs nerveux, des mecs sanguins et bagarreurs, des aficionados du « tête-à-tête », des amateurs de « debza », des mecs qui avaient la lame facile, ceux-là mêmes qui jamais n'auraient mis un pied hors de chez eux sans l'Opinel « cinq doigts » ou le poing américain, bien planqué dans le calbute.

Finie l'époque des tapeurs, des poseurs, des mecs qu'on jetait dans les égouts et qui en ressortaient avec une Rolex neuve au poignet, les spécialistes de la joncaille, les « docteurs » en métaux précieux, les fourgues hyper méfiants, ceux à qui « on la faisait pas », les fins connaisseurs du « mitan », ceux qui au premier coup d'œil faisaient la différence entre le « schlag » et les vingt-quatre carats !

Finie l'époque de l'éducation « à la dure », des coups de martinet qui volent, des coups de ceinture qui claquent, des mioches qui n'avaient d'autres choix que d'marcher droit. Finie l'époque où quand la matriarche ouvrait la bouche, la smala bouclait la sienne.

C'était ainsi, tout mourait autour de moi. Tout se disloquait, se dissolvait, s'évaporait. Il n'y avait rien à faire pour retenir le passé. Le temps suivait son inaliénable course, il s'en allait, vaille que vaille, vers d'autres horizons. C'était la fin d'une époque, la fin d'un cycle, la fin d'une histoire… Et rien ni personne ne pouvait y remédier. Le temps filait à travers les vies, comme le sable à travers les doigts. Y avait plus moyen de revenir en arrière, plus moyen de négocier. Les copies étaient rendues, la sentence prononcée. Pour tous ceux qui avaient foiré le virage, c'était trop tard. Pour tous les foireux de la vie, y avait plus d'issue, c'était foutu !

21

Une fois le coup de bigo donné, on est retournés s'asseoir, Alain et moi, sur le banc, près du canal. Il faisait frisquet ce soir-là et la pleine lune aux lueurs bleu cendré nous caressait de ses rayons lumineux.

Avant d'aller s'poser, on a récupéré dans le coffre de la Merco quelques bouteilles de Label 5 qu'Alain avait eu le temps d'exfiltrer du Hannut, juste avant que les huissiers ne posent les scellés. C'était toujours ça que ces rapaces de l'État n'obtiendraient pas. On s'est assis sur le dossier du banc, les pieds posés sur les lattes de bois. Alain serrait si fort la bouteille de sky que j'ai cru qu'elle allait lui péter entre les doigts. Après avoir descendu une monstrueuse gorgée de whisky, il a bondi du banc. Il a brandi la bouteille haut vers le ciel. Ses yeux étaient injectés de sang. Il se tenait les deux pieds bien enfoncés sur les graviers, le buste légèrement courbé vers l'avant. C'était la pose des grandes déclamations, ça sentait le monologue tonitruant. Il a raclé sa gorge... Il ne voulait pas bafouiller, il voulait que ce soit limpide, qu'on puisse tous comprendre ce qu'il allait dire. Tout le monde devait l'entendre... Moi, bien sûr, mais aussi les passants dans la rue, les gens dans leur maison ou dans leur jardin, les touristes en villégiature sur la côte, ceux à la montagne, à la campagne, sans oublier évidemment les quelques privilégiés qu'étaient partis faire un tour sur la lune. Alain a paru se concentrer quelques instants, puis il a gueulé avec sa voix traînante d'homme alcoolisé :

— Merde ! Putain de bordel de tminik de zeub de merde ! Ces bâtards pensent pouvoir me terrasser comme ça ? On veut m'emmancher, me zeubifier, me sodomiser de toute part… ? C'est un putain de complot ! Une sale cabale ! Une infâme collusion ! On veut me faire disparaître d'un coup de baguette magique ! Ces salauds-là, ces fils de chien s'imaginent que je suis en sucre ! Que je vais me mettre à fondre ! Me transformer en caramel ! Mais j'vais te dire, l'artiste, tout ça c'est rien que du tminik ! De la flûte ! Du pipeau ! Une mauvaise passe ! On nage à contre-courant, c'est vrai ! On navigue à vue… On est perdus dans le brouillard… Certes, c'est pas faux ! On peut s'l'avouer ! Faut pas se mentir ! Mais c'est pas la fin du monde… Écoute bien ce que je vais te dire… J'ai connu des crises bien plus violentes que celle-là ! C'est tout vu, l'artiste ! Faut qu'on tienne bon ! Faut qu'on se serre les coudes ! Tu vas pas m'abandonner maintenant, hein, l'artiste ? Tu vas pas faire comme tous ces cafards, ces parasites ? Me tourner le dos en pleine tourmente, au beau milieu de la tempête ? Mais non ! Tu vas pas faire ça ! J'te connais, toi ! T'es un malin ! T'as déjà tout compris ! Tu sens que l'vent va tourner ! Que bientôt il pleuvra des euros… Que ce sera un raz-de-marée, un déluge, un tsunami de biftons ! Faut juste que tu m'aides à faire front. Ou va pas s'laisser hagar sans rien dire ! Nerdine zeub ! Bordel de chiotte de tminik de merde ! Écoute bien, l'artiste ! Tu m'entends ? Il est hors de question qu'on me dégage de chez moi ! Hors de question que j'me barre bien tranquillement une main devant, une main derrière ! Personne ne chasse Alain Basile de ses terres ! L'heure est venue d'utiliser les grands moyens, de prendre des mesures drastiques ! Stop au batifolage ! Finies les fiestas ! Terminées les bacchanales ! J'vais leur faire du sale ! J'vais les traumatiser ! On va s'les faire ! Tous ! Chacun leur tour ! En grillades ! En méchoui ! En brochettes ! Quand on aura vendu notre récolte, on aura assez de thune pour remettre les bâtiments aux normes, on f'ra tous les travaux pour que l'État me lâche les burnes... Et avec le reste de l'oseille, on s'achètera un arsenal de guerre ! Et pas de la merde !!! On va s'armer comme pour la Troisième Guerre mondiale ! On va sortir les guitares... Et ce sera pas pour jouer du rock'n'roll... On f'ra péter l'artillerie dans tous les sens ! Tous ceux qu'ont essayé de se mettre en travers de ma route, on les bousillera ! L'artiste, c'est comme j'te l'dis ! On les bousillera ! À commencer par la bande de Gremlins... Juste pour l'exemple, pour que tout le monde sache que j'me laisse pas niquer comme ça, et que c'est pas le premier fils de pute venu qu'aura la peau d'Alain Basile ! J'espère que ces bâtards ont des parapluies solides, parce qu'on va faire pleuvoir les bastos, l'artiste ! On va purger le sang mauvais... J'vais renvoyer ces hatays d'où ils viennent, dans les jupes de leur fatma ! Quand on aura vendu la beuh et que j'aurai renfloué les caisses, je réglerai toute la situation... et j'remettrai tout le monde au pas ! Mais cette fois, tu peux m'croire, l'artiste, je f'rai gaffe ! Ah ! Ça ! On m'y reprendra plus !... On me baisera pas encore une fois ! Je n'laisserai rien passer ! Je le jure ! Je le jure sur le sang de mes ancêtres !

22

Comme Alain l'avait claironné haut et fort à qui voulait l'entendre, on a tout fait pour « arranger la situation ». Enfin, c'est surtout moi qui m'y suis collé… Y avait du pain sur la planche ! Pas le moment de s'endormir ! Il ne restait plus que quelques semaines avant d'atteindre le Graal, de récolter enfin le fruit de nos efforts. D'ici là, il fallait bien se débrouiller pour faire rentrer quelques pépètes. C'est là qu'Alain a décidé qu'on f'rait un peu de chourave à l'étalage. On a donc écumé tous les supermarchés de la région. J'avais une technique fantastique et redoutablement efficace. Grâce à elle, je pouvais sortir du magasin des jeux de PlayStation plein les fouilles, sans faire sonner le portique de sécurité. C'était pas compliqué. C'était même un jeu d'enfant. J'faisais celui qui s'baladait dans les rayons, je passais par le coin « apéritif », je chipais un paquet de chips, et je le vidais dans une des poubelles que vendait le magasin. Je me plaçais ensuite dos aux caméras et je glissais les cartouches de Play à l'intérieur du sachet vide. Une fois les jeux bien enfouis dans le paquet de chips, lui-même bien enfoncé dans les poches de mon K-way XXL, il me suffisait de passer par la sortie « sans achat » tout en sifflotant, l'air de rien. L'intérieur du paquet de chips étant en aluminium, les dispositifs de sécurité électroniques se révélaient inefficaces. Y a toujours une faille dans le système, suffit de savoir l'exploiter.

Les premiers temps, on s'est plutôt pas mal débrouillés… C'était pas la folie des grandeurs, mais on s'en sortait quand même. On faisait rentrer un p'tit billet par-ci, un p'tit billet par-là. Ça ne compensait pas les pertes, c'est sûr, mais ça raquait au moins les faux frais ! On pouvait payer l'essence, s'acheter des clopes, manger des kebabs.

Seulement, les supermarchés, c'est pas comme les étoiles, y en a pas à l'infini, et forcément, au bout d'un moment, on avait tout ratissé. On aurait pu élargir notre rayon géographique, faire main basse sur d'autres départements, sur d'autres régions, mais la Mercedes consommait pire qu'un avion et à ça s'ajoutaient les péages. Non, c'était vraiment pas rentable de trop s'écarter de notre périmètre de chasse. On en s'rait à coup sûr de notre poche, et ça on pouvait pas s'le permettre… Alain a même calculé, au kilomètre près, la distance à ne pas dépasser pour que notre « commerce » reste avantageux…

J'ai donc continué à « rendre visite » aux grandes surfaces du coin mais, à force de me voir et de me revoir, les vigiles ont fini par se poser des questions. Ils me regardaient d'un air bizarre, j'étais persuadé que ma photo était placardée, bien en évidence, dans tous les PC de sécurité du coin. Alain m'assurait que non, me disait que j'« paranoïais », que c'était la peur qui m'faisait délirer… Mais c'était facile pour lui de dire ça ! Il avait le beau rôle, bien planqué dans sa voiture, tout au fond du parking ! À l'aise, Blaise !

N'empêche que je sentais la pression monter... C'était pas des lol ! Je jouais mes miches à chaque « mission ». Sûr qu'en contrôlant les résultats des inventaires, les patrons avaient compris que quelque chose déconnait grave. Du coup, ils avaient dû mettre la pression sur le mec de la sécurité. Alors lui, bien sûr, dès qu'il croyait apercevoir mon ombre, il mettait toute la turne en alerte. Je sentais les dix mille caméras du magasin braquées sur moi, j'étais cerné de toute part. Je voyais les vigiles aller et venir dans les rayons, faire semblant de ranger des articles... Ils faisaient vice de ne pas me remarquer, mais je sentais bien à leurs sales regards qu'ils épiaient le moindre de mes faits et gestes.

Et puis y a eu la fois de trop... On m'a surpris la main dans le sac, les poches pleines à ras bord. Les enflures de la sécurité avaient monté une embuscade, un sale et vicieux traquenard. C'était à deux doigts que je me fasse choper en flagrant délit... Heureusement pour moi, je suis vif et rapide. J'ai bondi au moment même où le vigile s'apprêtait à m'empoigner... Ni une ni deux, j'ai pris mes jambes à mon cou, j'ai décampé sur-le-champ. J'ai cru que j'allais m'envoler tant je bombardais, je touchais plus le sol, j'étais monté sur ressorts. Les agents me talonnaient de seulement quelques centimètres. Ils me hurlaient dans le dos, m'ordonnaient de m'arrêter, me sommaient de me foutre à plat ventre... Mais j'écoutais que dalle, je me contentais de cavaler. Ils m'ont coursé, comme ça, à travers tout le supermarché, puis encore sur le parking. Ils n'ont rien lâché, ils m'ont traqué jusqu'au bout. Dans la panique, j'ai bousculé une vieille dame… Tous les jeux sont tombés au sol. Ça les a un peu ralentis… Le temps de tout ramasser.

C'est in extremis que j'ai rejoint la bagnole d'Alain. Il m'attendait contact enclenché et portière ouverte. On s'est cassés en balle, sans se faire prier.

À la fin, j'avais même plus le temps de mettre un pied dans la galerie marchande qu'on me pistait déjà de partout. Y a une journée où les vigiles nous attendaient carrément en amont, deux rues avant le centre commercial. À partir de là, Alain a été obligé d'admettre que ça tenait plus la route son histoire, que ça devenait beaucoup trop dangereux. On a alors arrêté de frapper à l'étalage.

Pour autant, on ne s'est pas relaxés. Finie la branlette au petit déj, pas question qu'on se laisse aller à la flânerie ou au farniente ! Dès qu'un truc était susceptible de nous rapporter un petit pèze, on mouillait notre chemise. On a craché sur rien. On a sondé les recoins les plus sombres et les plus tortueux de la débrouille. On a exploré et exploité chaque méandre de la survie. En mode charognard.

On aurait pu se calmer, c'est vrai ! Après tout, les têtes de beuh étaient sur le point d'arriver à maturation… Encore quelques petites semaines à patienter et les kilos de la récolte nous rendraient riches comme Crésus… Seulement, c'est bien connu, le temps est élastique et, quand on n'a pas un rond en poche, quelques semaines c'est long comme l'éternité. Alors, à défaut d'écumer les grandes surfaces, on s'est attaqués aux jantes des voitures garées dans les rues sombres et désertes de la ville. Il nous arrivait même de siphonner les réservoirs mais, quand on a vu que tout ça n'était pas assez rentable, on s'est occupés de l'intérieur des bagnoles. On se servait de la porcelaine des bougies de préchauffage pour exploser les vitres ou, à défaut, d'un gros pavé. On piquait surtout les autoradios, mais, quelquefois, quand on avait de la chance, on chopait des ordis, des appareils photo, des trucs de valeur laissés là par les gens.

Après les bagnoles, on s'est penchés sur les camions utilitaires. On rôdait la nuit près des entrepôts et, dès qu'on repérait une camionnette un peu à l'écart, on lui faisait sa fête. Le plus souvent, on tombait sur des outils et du matériel de chantier, mais il nous arrivait parfois d'avoir de jolies surprises : Caméscopes, lunettes de soleil, montres de luxe, ordinateurs portables, etc. Quand on faisait une belle touchette de ce genre, on la fêtait dignement, Alain buvait des heures entières en fantasmant sur tout ce qu'on ferait une fois que le fric de la plantation serait entre nos mains.

Quoi qu'il en soit, et malgré tous nos efforts, les dernières semaines ont été plus que laborieuses. À la fin, on n'avait même plus de thune pour s'acheter à bouffer. Alors, on se partageait un pauvre sandwich fricadelle et une cannette de Coca, c'est tout. En plus, on n'avait plus de bagnole. Les schmidt avaient embarqué la Merco qu'était pas assurée. Et comme on pouvait pas payer l'assurance, et encore moins la fourrière, on se farcissait tous les trajets à pied.

23

C'est à peu près à cette époque que j'me suis mis à avoir d'épouvantables hallucinations. Bien que je soit sobre depuis maintenant plusieurs semaines, c'était comme si mon cerveau n'avait toujours pas capté le truc. Il m'arrivait de me réveiller en pleine nuit, trempé de sueur, me demandant si j'étais encore vivant, ou si j'avais enfin fait le grand voyage. Plus moyen de savoir si j'étais clean ou non. J'avais parfois l'impression d'avoir picolé, malgré moi, pendant la nuit. On aurait dit que mon corps avait gardé en lui des stocks d'alcool et qu'il s'amusait à les libérer quand ça lui chantait. Lorsque ça m'arrivait, j'étais pétrifié d'angoisse, j'avais le souffle coupé, une boule au plexus, et les membres engourdis. Je tentais alors de me contrôler, de faire le vide autour de moi, de « reprendre mes esprits », mais c'était impossible. Comment reprendre ses esprits quand vos pensées fusent dans tous les sens, quand elles dansent au son d'une musique aiguë, stridente et infernale ? J'observais ma vie défiler dans un vacarme assourdissant. Mon passé se révélait n'être qu'une pitoyable mascarade, mon futur un abîme vertigineux, où seul le pire était envisageable. Je n'entrevoyais aucune issue, aucune échappatoire, aucune solution. Je basculais dans la démence la plus absolue. Pire que tout, j'en avais conscience. J'enviais alors le fou qui ignore sa folie, celui qui dérive mais ne s'en rend pas compte, celui pour qui tout le monde est dingo sauf lui-même. Ce n'était pas mon cas. Moi, ma raison se faisait la malle et je la regardais s'en aller, je n'avais aucune prise sur elle, aucun moyen de la retenir, elle se barrait dans le cosmos, et cela sans même me dire au revoir. C'était la fin des haricots, le terminus, le baisser de rideau. Je me mettais alors à genoux et je suppliais le ciel pour que ma raison revienne, j'avais l'air d'un chien abandonné sur le bord d'une départementale, attendant, sans y croire, le retour de son maître.

Toutes les cellules de mon corps entraient en rébellion, elles criaient à la mutinerie, hurlaient à l'insurrection, après avoir été plongées dans un coma artificiel pendant un temps incalculable, elles se réveillaient avec un furieux appétit de vengeance. Mes salopes de cellules me faisaient payer le prix de mes nombreux excès. Je ne savais plus comment me positionner, je ne pouvais ni me lever ni rester assis. Mon sang circulait à contresens. Chaque mouvement me paraissait intolérable. Les muscles de mes jambes étaient tétanisés, ma langue avait triplé de volume, j'avais la sinistre impression qu'on trifouillait mes entrailles avec un tisonnier chauffé à blanc. J'étais un étranger dans mon propre corps.

Je demeurais obsédé par la bouteille de rhum qui dormait bien gentiment, sous les détritus, devant le hangar. Je l'entendais carrément m'appeler à travers le silence de la nuit, j'entendais sa sordide voix qui m'enjoignait de venir la dégommer. C'est au prix d'un effort surhumain que je me forçais à rester allongé sur le matelas. Les voix délirantes duraient à peu près une heure ou deux, puis doucement elles s'atténuaient, et alors, épuisé par ce combat mental, je finissais par m'enfoncer dans un sommeil glacial et cauchemardesque. Tel était mon calvaire durant ces nuits de folie.

Malgré toutes ces dingueries, on apercevait enfin le bout du tunnel. Plus que quelques jours et ce serait la consécration. Alain avait tout prévu, tout organisé, tout planifié : le lundi soir, je devais « rincer » une dernière fois les pots de terre afin qu'on puisse couper les plants de beuh le mercredi. Ensuite, il faudrait les laisser sécher pendant une semaine. Une fois l'humidité évaporée et les têtes de beuh bien craquantes, on empaquetterait la weed dans des sachets de cinq cents grammes qu'on bazarderait au plus offrant. Ce serait ce qu'on appelle une opération rondement menée. On s'en languissait d'avance...

Seulement, avant d'opérer la moindre manipulation, avant même de toucher la moindre paire de ciseaux, Alain voulait absolument se débarrasser du mauvais œil qui, disait-il, nous collait à la peau. Il avait donc décidé de se faire désenvoûter par un marabout du quartier. M. Abibou, qu'il s'appelait. Le mec avait une réputation sans faille. Les gens venaient de tout le pays pour le consulter. Alain avait réussi à choper son numéro et nous avions obtenu un rendez-vous le soir même. Il consultait à domicile.

Aller se faire désensorceler, ça paraît simple comme ça, mais c'est beaucoup plus difficile qu'on ne croit. Déjà, on a mis du temps avant de se décider à pousser la porte du marabout. On se trouvait mille excuses, on parlementait, on pesait le pour, le contre, on avait faim, soif, envie de pisser, et que sais-je encore ?! Finalement, la curiosité l'a emporté sur la peur et on est rentrés.

M. Abibou habitait une minuscule maison dans une courée. C'était l'époque où elles existaient encore. Nous nous sommes donc retrouvés dans la piaule du marabout… Il nous attendait, assis derrière un grand bureau ovale. On le voyait à peine dans la pénombre. Il nous a observés pendant un long moment, l'air sévère, hostile même… Notre dégaine n'avait pas l'air de trop lui plaire. Il a fini par nous demander de nous asseoir. On a obéi. Alain lui a tout raconté, tout déballé depuis le commencement. La fuite d'Ourkiya, la pression du fisc, sa chute en disgrâce dans le ghetto, les thunes qui ne rentraient plus, la vie qui tournait au fiasco, etc. Abibou hochait la tête, paraissant approuver. Il marmonnait des « je vois, je vois… ». Après avoir manipulé des osselets et égrené un chapelet, il a fini par attraper un jeu de tarot et en a retiré cinq lames. Il les a étalées sur le bureau les unes à la suite des autres et les a observées de longues minutes tout en se grattant le menton. Il semblait indécis, il méditait. Il a fouillé ensuite dans sa poche et en a sorti une paire de dés. Il les a jetés sur le tapis et, à l'aide d'un petit couteau suisse, il a gravé d'étranges signes à même le bois du bureau. Il a remis ça à cinq reprises. Quand il a été persuadé d'avoir cerné la source de tous nos tourments, il nous a regardés bien droit dans les yeux et, d'une voix grave et solennelle, a déclaré :

— Les forces qui s'abattent sur vous sont effroyables ! Elles ne sont pas issues de ce monde... Elles sont la manifestation physique d'une entité occulte qui cherche à vous nuire, mais vous êtes venus me voir et je vais tout faire pour vous libérer de son emprise. La plupart des médiums peuvent communiquer avec l'au-delà grâce à leur sixième sens. Le pouvoir que j'ai reçu à la naissance est bien supérieur et me permet d'entrer en contact avec les puissances du mal, les esprits malfaisants. Je suis un pont entre l'ici et l'ailleurs, entre le visible et l'invisible, je suis un pont entre le clair et l'obscur ! Pour vous délivrer, je vais devoir traverser la frontière entre le monde des vivants et le monde des morts, et je vais faire appel au grand Méphisto. Sans sa présence à mes côtés, je crains fort de ne pas réussir à vous désenvoûter...

Il s'est mis alors debout et a levé les bras au ciel. J'ai cru un instant qu'il allait poursuivre son discours, mais il s'est ravisé et s'est dirigé vers une grande armoire dont les portes avaient été remplacées par un rideau rouge. Il a disparu derrière la tenture quelques instants et a réapparu portant un énorme djembé qu'il m'a collé entre les mains.

— Ça, c'est pour attirer Méphisto, pour qu'il sorte de sa cachette !

Après avoir vanté, pendant plusieurs minutes, les exceptionnels pouvoirs salvateurs du grand Méphisto, le marabout a posé à même le sol des chandelles allumées, formant par la même occasion un cercle autour d'Alain. Je commençais à trouver ça de plus en plus flippant, je n'cessais de me demander ce que je foutais là.

Abibou s'est alors tourné vers moi pour me montrer très précisément la cadence à laquelle je devais battre le tam-tam. Avoir le bon tempo, c'était essentiel pour faire abouler Méphisto. En fait, cela n'était pas bien compliqué, fallait juste avoir un peu le rythme dans la peau, il fallait oser se lâcher…

Et me voilà parti. La paume de mes mains et le bout de mes doigts se mettent à danser sur le djembé… Tagadam ! Tagadam ! Les invocations débutent. Abibou s'adresse à Méphisto. Il lui parle en langue « démon ». Nous, évidemment, on n'y comprend rien. Alain tire une drôle de tronche. Il doit penser que tout ça c'est du cirque, une mise en scène, une clownerie, un foutage de gueule… Mais il joue le jeu quand même, il fait tout ce que le marabout lui demande. Il lève le menton au ciel, joint les coudes en gardant les poignets le plus éloigné possible, il forme un angle de quatre-vingt-dix degrés avec ses pieds… Moi, pendant ce temps, je n'lâche pas le tam-tam… Je tiens le tempo bien comme il faut. J'accompagne Abibou dans ses adjurations. Sa voix est maintenant plus sourde, plus ample, plus profonde. Son timbre de ténor fait trembler les murs. Sous ses incantations, la baraque vibre, le lustre au-dessus de nos têtes se balance dangereusement, les cadres se décrochent du mur. C'est comme un séisme…

Sans même m'en rendre compte, j'accélère la cadence. Je tape de plus en plus vite, de plus en plus fort. Les intonations du marabout gagnent encore en intensité. Tagadam ! Tagadam !... Je mets la gomme, je me défonce. Alain commence à chauffer. Sa face vire au pourpre, ses pommettes tremblotent, son menton se contracte. Il se tourne alors vers moi et me hurle :

— Accélère, l'artiste... Accélère ! Accélère ! Je sens que ça vient... Je sens que ça arrive... C'est pas du zeub, l'artiste, ça arrive !...

Son corps se fout alors à gigoter. Alain est pris de spasmes si violents qu'il ne parvient plus à se contrôler. Ses jambes partent en cacahuète, il ne les maîtrise plus, elles se barrent dans tous les sens. C'est maintenant tout son être qui se rebelle. Il se contorsionne, se convulse, se contracte ! Il se tiraille, se plie en deux, se mord les genoux, se lèche les talons ! Il se tasse, se raccourcit, se compresse ! Sous mes yeux ébahis, c'est une métamorphose, une mutation qui s'opère...

Soudain, je réalise que ma propre attitude est pour le moins étrange... J'ai l'impression d'être un autre. Et cet autre, je l'entends qui exulte, je l'entends qui braille, qui hurle à s'en faire péter les cordes vocales ! Je l'entends qui appelle, qui hèle, qui convoque ! Je veux voir de près le putain de Méphisto. Je veux voir sa sale gueule en face ! Je veux son haleine de démon plein mes narines ! Et je bats le djembé encore et encore. Je frappe comme un fou, comme un malade. J'y mets toutes mes tripes, tout ce que je possède, tout ce que je suis !

Dans le rythme endiablé, c'est mon âme que je perçois, c'est mon âme qui se révèle ! Je vais te l'échauffer, le Méphisto ! Je veux qu'il rapplique avec tous ses potes ! Avec toute sa clique de ténébreux ! Avec Ariel, le génie du monde sublunaire ! Avec Damalech, Taynor et Sayanon, les princes du crépuscule ! Avec Guabarel, Torquaret et Rabianica, les soldats de l'invisible ! Je redouble d'efforts, je me consume à la tâche, je m'explose les doigts sur le cuir tendu. Tagadam ! Tagadam ! Je hurle à gorge déployée. Les avant-bras me brûlent, mes poignets sont des tisons… Mais j'accélère toujours. Je vais le faire venir par la peau des couilles, Méphisto ! Il va la ramener, sa tronche, de gré ou de force ! Tag ! Tag ! Tagadam !!!

Alain ressemble maintenant à une poupée de chiffon. Il paraît tout élastique, branlant de partout. Il mouline avec les bras, secoue le vent, semble crawler dans l'air. Le marabout, lui, hausse encore le ton. Sa voix résonne dans la piaule et au-delà encore. Il somme Méphisto de débarquer au plus vite, s'il l'ose… Il tente de l'avoir à l'orgueil, il le met au défi, il pique sa susceptibilité… Il le convoque fermement… Mais c'est pas suffisant. Méphisto refuse de se pointer. Il prétend qu'on est trop tendus, pas assez en transe, pas assez captivés. Les démons, ça déconne pas avec l'envoûtement. Ça vous veut totalement soumis, entièrement dévoués. Ça n'aime pas les demi-transcendances, faut être à cent pour cent dans l'extase pour qu'ils daignent se déplacer.

Le marabout nous file alors un truc pour accélérer les « transports », comme il dit. C'est une longue tige de bambou, un véritable fumigène ! Rien que pour le tenir, c'est une vraie galère. Je colle ma bouche à l'une des extrémités, je me pince le nez et j'aspire une énorme bouffée. La fumée me brûle tout l'intérieur de la carcasse, je sens mon carénage flamber, c'est un incendie qui se propage en moi. Je manque de partir en klaoui, mais je me ressaisis, je n'perds pas le nord, je reste focus et je continue à taper sur le tam-tam. Tagadam ! Tagadam ! Je maintiens le rythme, je garde la cadence.

Je piste un peu Alain… Lui, il a complètement disjoncté. Il se roule sur le sol, se traîne sur le dos, fait le toutou, jambes et bras en l'air. Il tente des figures totalement improbables. Il expérimente l'impossible. Il essaye de marcher sur les mains, sur les coudes, sur la tête… Il s'écroule sur la table basse, culbute sur le sofa marocain. Il se relève fougueux, frotte le tapis avec sa jambe droite, il souffle comme un buffle, il va charger, puis il s'arrête. Il se cabre, se plie en quatre, s'entortille. Le voilà maintenant qui danse… Il agite ses bras en avant, il s'accroupit, il tourne encore et encore sur lui-même. C'est inédit, éblouissant, Alain vient de réinventer la Macarena !

Je tire une nouvelle fois sur le bambou enfumé. La voix du marabout s'agrège aux battements du tam-tam. Je me sens bizarre, comme vaporeux, aérien, moelleux. Autour de moi, tout devient flou et, à travers ce brouillard, j'aperçois des ombres furtives qui glissent le long des murs. Merde ! Y a du monde autour de nous ! Je compte quatre personnes supplémentaires dans la piaule. J'en crois pas mes yeux, et pourtant je ne délire pas ! Les ombres s'épaississent peu à peu. Elles prennent corps. Je distingue d'abord des jambes, un buste, puis une tête. À travers les volutes de la tige de bambou, je le reconnais, aucun doute possible, c'est bien lui ! C'est Méphisto en personne qui apparaît dans la semi-obscurité des fumigations. Méphisto nous fait l'honneur de sa présence.

J'en suis bouleversé, incroyablement troublé ! Le trac monte en moi (j'ai toujours été impressionné par les VIP) ! J'veux surtout pas le décevoir ! Faut qu'je sois à la hauteur. Alors, je m'applique, je concentre toute mon énergie sur le tam-tam. Tagadam ! Tagadam ! Je veux le bluffer, l'impressionner ! Tagadam ! Tagadam ! Je ne veux pas qu'il s'en aille ! Tagadam ! Tagadam ! Je veux qu'il reste, ou plutôt je veux qu'ils restent, car il n'est pas venu seul : Damalech, Taynor et Sayanon, ses fidèles lieutenants, l'accompagnent. Manquent à l'appel les soldats de l'invisible, sans doute retenus dans un autre monde... Quoi qu'il en soit, les quatre entités sont bien là... Elles forment une ronde autour d'Alain... Elles l'encerclent de leurs bras spectraux ; elles chantent et dansent avec lui.

24

Le lendemain matin, quand je me suis réveillé, j'étais à l'entrepôt, allongé tout habillé sur mon matelas, couvert de sueur, les pieds glacés, la tête comme dans un étau, je tremblais comme une feuille. De la soirée précédente, je ne gardais qu'un vague souvenir et un mal de crâne à me taper la tête contre les murs. C'était pourtant pas le moment de flancher, j'avais besoin de toute ma concentration. On était lundi. C'était le grand jour… Le rinçage des plantes devait avoir lieu le soir même, et la récolte deux jours plus tard. Autant dire que j'étais chaud bouillant. En attendant l'heure H du rinçage, j'ai décidé de faire un petit tour dans le centre, histoire de tuer le temps. Assis dans le bus, j'observais les panneaux publicitaires défiler le long de la route. Mon regard s'est alors arrêté sur une affiche vantant les vertus du bourbon single malt. Rien qu'en matant la grosse bouteille plaquée en quatre par trois, j'ai eu l'impression d'être bourré. Mon cerveau refaisait des siennes. Ce salaud m'avait taclé en traître. Pendant quelques minutes, j'me sentais apaisé et détendu, presque ivre. Puis l'instant d'après, sans aucune transition, j'étais plongé dans une détresse infinie, à la limite de la démence. Cette affolante oscillation a duré tout le temps du trajet.

Je suis arrivé en ville complètement défoncé. J'avais un mal de chien à marcher droit et, même en me concentrant, je continuais à gambader de traviole. J'avais l'impression que le sol tanguait sous mes baskets ; le macadam, lui-même, semblait se mouvoir. Soudain, j'ai pris conscience que lorsque l'on maltraite son organisme, comme je l'avais fait ces derniers mois, cet enculé devient pire qu'un SS, il trouve mille et un moyens pour vous torturer, le pire étant l'alternance de douleurs physique et morale. Histoire de bien me faire déguster, mon nazi d'organisme a pris l'infâme décision de lâcher la bête qui sommeillait en moi. Une bête affreuse, putride et démoniaque. Une bête affamée qui ne demandait que quelques minutes de sobriété afin de pouvoir se libérer. Je venais de faire connaissance avec une sensation qui me poursuivrait pendant encore bien longtemps : l'angoisse. Je ne parle pas du petit coup de stress qui survient lorsqu'on est en retard à un rendez-vous ou qu'on a paumé son téléphone portable, celui qui s'apaise avec deux postures de yoga et trois exercices de respiration. Non, je parle de la véritable angoisse. Le coup de stress est à la crise d'angoisse ce que le tai-chi est à la boxe thaï. Une escroquerie, une version discount, ralentie, diminuée, édulcorée. Là, je parle bien de l'angoisse dans ce qu'elle a de plus pure, celle qui vous paralyse, qui vous réduit à l'état de néant. L'angoisse qui surgit du fin fond des ténèbres, qui vous projette dans un autre monde, une autre dimension. Un univers parallèle où tout est sombre, collant, poisseux. Si l'enfer existe, son deuxième blaze, c'est : angoisse.

J'ai quand même réussi à me traîner jusqu'à une petite épicerie, au beau milieu d'une rue sombre et étroite. En voyant mon état lamentable, le vendeur a tout de suite compris que j'allais lui casser les couilles. Sans doute voulait-il la paix car il m'a laissé prendre un paquet de cigarettes à crédit. Je n'ai même pas eu besoin de parlementer ni d'insister. Je n'ai pas eu besoin non plus de lui laisser ma carte d'identité en gage. Pour le remercier, je lui ai serré la main dix mille fois, exactement comme le font tous les gens qui vivent de la gratte. Je suis ensuite parti m'asseoir à l'ombre d'un Abribus. Ça allait beaucoup mieux. L'air était doux, les cigarettes exquises, et si je n'avais pas été aussi pauvre j'aurais été l'homme le plus heureux du monde.

Les bus se sont succédé. Ils passaient et repassaient sous mes yeux fatigués. Le regard vague, je les contemplais comme la vache regarde passer les trains. Dans ma folie, je me disais que j'étais vraiment bien là, que je pourrais aisément rester ici, définitivement, une vie entière, une éternité même, comme ça, assis sous cet Abribus. Après tout, putain, qu'est-ce que ça changeait au final ? Ici, là-bas, ailleurs ? C'était du kif-kif, du pareil au même. Tout ce dont j'avais besoin, c'était d'un épicier complaisant et d'une bonne couverture pour les froides nuits d'hiver. J'aurais assurément vécu ma meilleure vie si le ciel ne s'était pas soudain obscurci et n'avait déversé sur ma tête une pluie glaciale. Moi qui me sentais si bien quelques instants plus tôt, j'ai vite eu très froid au crâne, aux mains et aux pieds. J'étais frigorifié. J'ai voulu me lever pour me dégourdir les jambes et me réchauffer un peu, mais j'étais beaucoup trop lessivé. Rien qu'à l'idée de me relever et de me tenir debout sur mes deux échasses, j'avais le tournis. J'ai donc décidé de rester allongé là en attendant la fin du déluge.

Quand j'ai à nouveau ouvert les yeux, la pluie avait cessé et la nuit était tombée. Une bonne âme avait eu la bonté de recouvrir ma carcasse gelée d'un vieux blouson jaune. J'ai enfilé l'anorak et, en fouillant les poches, j'ai trouvé un billet de vingt balles avec un petit mot : « Bon courage, jeune homme, nous sommes tous les enfants de Dieu. » J'ai fourré le bifton dans ma poche de jean, j'ai intérieurement remercié tous les dieux du monde ainsi que toutes leurs descendances, puis j'ai couru jusqu'à l'épicerie, priant le ciel pour qu'elle ne soit pas fermée. Le ciel m'avait apparemment entendu puisque je suis arrivé juste avant la fermeture et que j'ai pu rembourser mon crédit, et m'acheter un autre paquet de clopes.

À l'instant où j'ai allumé ma blonde, je m'suis souvenu du rinçage des plants dont je devais impérativement m'occuper. J'étais foutrement en retard. Tout aurait déjà dû être terminé. Si jamais Alain s'apercevait que j'avais bouffé la feuille, j'étais bon pour manger des soupes et des yaourts à l'aide d'un tuyau pendant de longs mois… J'ai tracé en bombe jusqu'à l'arrêt de bus… C'était mort ! Y avait eu récemment un nombre hallucinant d'autobus caillassés par les p'tits jeunes de la zone, et la mairie avait décidé de suspendre le service de nuit des transports en commun.

J'étais baisé, enfermé dehors, fait comme un rat ! J'ai marché pendant plus d'une heure dans le froid et la brume. J'étais littéralement congelé avec l'étrange sensation que des stalactites me tombaient des narines. J'ai pensé un moment m'asseoir sur le sol et me laisser mourir, mais j'ai réalisé que ce serait beaucoup trop long et qu'Alain aurait tout le temps nécessaire pour me retrouver.

En déboulant entre deux rues, j'ai repéré, devant une porte de garage, un utilitaire comme ceux qu'Alain et moi avions l'habitude de taper. Je me suis souvenu qu'un jour, Alain m'avait expliqué, alors qu'on était en plein « travail » dans une camionnette, comment la démarrer avec une simple clef. On appelait cette technique de chourave le vol à la boule parce que, sur certains modèles de caisse, quand on dévisse le plafonnier, on tombe sur une petite boule d'acier dans laquelle il suffit de faire tourner n'importe quelle clef pour que la bagnole se mette en branle.

Cette camionnette, c'était ma chance ! Je me parlais à moi-même : « Ah putain ! J'vais me la faire ! J'vais la sauter ! À moi le retour en gova, bien au chaud ! Un peu d'adresse, un peu de courage, faut pas que j'fasse le tocard, et ça passera crème ! Fonce, ma biche, fonce ! »

J'ai commencé par faire quelques allers-retours aux abords de la camionnette, l'air de rien, histoire de m'assurer que personne me pistait. Quand j'ai été sûr d'être seul dans la rue, j'ai ramassé une belle grosse brique qui, par chance, traînait sur le trottoir. Je m'suis approché doucement de la caisse. J'ai maté une dernière fois à droite, à gauche, j'ai regardé les fenêtres des maisons, j'ai retenu ma respiration, pris mon élan, et j'ai balancé la brique de toutes mes forces contre la vitre avant gauche. Le verre a explosé en mille morceaux et, dans la seconde qui a suivi, une sirène terriblement puissante a déchiré la nuit. La garce de bagnole avait un système d'alarme ultra perfectionné… Ça m'a tellement surpris que je suis resté là comme un con, incapable de bouger… La moitié du quartier s'était déjà réveillée. Des lumières s'allumaient sous les porches des maisons et quelques courageux jetaient un coup d'œil furtif par la porte de chez eux. Les keufs étaient sûrement déjà prévenus. Trop tard pour fuir, j'étais pris au piège… Alors, perdu pour perdu, j'ai tenté le tout pour le tout. L'idée s'est imposée à moi comme la seule issue possible : j'ai commencé à m'agiter dans tous les sens, avançant, reculant, sautillant et tournant sur moi-même. Et, tout en indiquant une direction, j'ai interpellé les voisins en hurlant :

— Vite ! Vite ! J'les ai vus ! Les salauds, ils sont partis par là ! Les racailles !!! Les voleurs !!!

J'étais inondé de transpiration, mon cœur battait à deux cents, je beuglais, je bégayais, j'avais l'air d'un vrai détraqué. Au début, les gens hésitaient, ils n'osaient pas trop s'approcher de moi, ils faisaient le pied de grue devant leurs baraques, ils se consultaient, ils se méfiaient un peu.

Quelques-uns ont fini par s'approcher. Ils semblaient inoffensifs, mais je restais tout de même sur mes gardes. L'un d'entre eux, le plus âgé me semble-t-il, m'a serré la main. C'était bon signe…

— Vous avez vu quelque chose, monsieur ?

— Oui ! Bien sûr ! J'ai tout vu... C'était deux las-cars ! Deux mecs de la banlieue avec des survêtements et des capuches. Ils voulaient sûrement piquer l'auto-radio, mais les charognes n'en ont pas eu le temps. Je leur suis tombé dessus ! Ils ont détalé comme des lapins, les pourritures ! S'emparer du bien d'autrui ! Si c'est pas triste ça ! Ils devraient pourtant savoir que bien mal acquis ne profite jamais !!!

J'en faisais un peu trop sans doute, et j'ai bien vu que les gens étaient perplexes. Ma version, ils y croyaient pas trop. Mais bon, ils n'avaient aucune preuve et ne pouvaient donc m'accuser de quoi que ce soit (y a d'ailleurs tout un business qu'est basé sur ce principe, le business des avocats...). Toujours est-il que les types n'ont pas poussé plus loin leurs investigations. C'était pas des méchants, pas des vice-lards... Les proprios de la bagnole ont fini par débou-ler... C'était un couple de femmes, une rousse et une brune. Réveillées par le bordel qu'il y avait dans la rue, elles sont arrivées en peignoir, les cheveux en bataille. Encore pleines de sommeil, elles n'ont pu que constater les dégâts et écouter mes explications. Pour me remercier d'avoir mis les voleurs en fuite, elles m'ont proposé de me raccompagner en voiture jusqu'à l'entrepôt. Ce que j'ai accepté, bien sûr. Une fois encore, j'avais la preuve que l'être humain était capable du meilleur comme du pire... Et pour la seconde fois de la soirée, j'ai remercié tous les dieux de l'univers et toutes leurs foutues progénitures...

25

Enfin arrivé au hangar, je me suis démené comme jamais. Y avait pas une putain de seconde à perdre ! J'ai préparé, rassemblé et aligné tout le matos : les jerricans d'essence pour le générateur électrique, trois paires de ciseaux, des éponges, un masque pour protéger les yeux, des gants pour ne pas laisser d'empreintes, et enfin deux énormes bassines aussi larges que des baignoires, l'une remplie d'eau, afin de rincer les plantes, et l'autre vide, pour récupérer l'eau du rinçage. Étant donné que les néons ne s'allumeraient qu'en début de matinée, la tente était plongée dans l'obscurité. Afin d'y voir plus clair, j'ai disposé des bougies un peu partout sur le sol.

C'est à ce moment-là, dans les lueurs de candélabres, que sont apparues des ombres malfaisantes. Jupiler, 8.6, Poliakov et Label 5. Des bouteilles par milliers, par millions, qui s'entrechoquaient dans un chaos démentiel. Des barils de bière remplis à ras bord se tenaient par la main pour danser une farandole. De la vodka, à foison, en abondance, de quoi remplir tout un océan, menaçait de se déverser sur la plantation. Des litres et des litres de bibine suspendus dans les airs, juste au-dessus de ma tête. Je pataugeais en plein effroi. Bien qu'il n'y eût personne dans la pièce, j'étais persuadé qu'on m'observait, qu'on se foutait de ma gueule. J'entendais des chuchotements, des ricanements, des moqueries, à quelques centimètres de moi, juste derrière mon dos. Décidé à lutter coûte que coûte, j'me suis dit que ça serait pas du luxe de me rouler un joint. J'ai plongé les mains dans mes poches, à la recherche de mon sachet de beuh, mais tout ce que j'ai trouvé, c'est une vieille clef rouillée. J'ai rassemblé le peu d'énergie qu'il me restait, et j'ai fouillé la piaule de fond en comble. Aucune trace du pacson. Puis j'me suis souvenu que parfois il m'arrivait de ranger ma weed dans une commode que j'fermais à double tour, juste au cas où les keufs feraient une petite descente. Connerie monumentale. Étant donné le nombre de pieds de beuh qui squattait dans le hangar, j'étais pas à un sachet près. Bref, j'ai refouillé dans mes poches pour prendre la clef, mais elle n'y était plus, par contre il y avait mon sachet de beuh. C'était à n'y plus rien comprendre. J'dévissais dans les grandes largeurs. J'me suis roulé un cône à la va-vite, et j'ai tiré dessus comme un malade. Mauvaise idée. La verte a accéléré ma fréquence cardiaque, faisant circuler mon sang à toute blinde, et augmentant, par la même occasion, mon taux d'angoisse et la puissance de mon mal-être.

Deux voix se disputaient dans ma cervelle défectueuse, l'une disait « accroche-toi, t'inquiète, ça va passer », l'autre lui répondait « ferme ta grande gueule, ça ne passera jamais ». J'avais tendance à croire la seconde. Faut dire qu'elle gueulait dix fois plus fort. Non seulement ça n'avait pas l'air de passer, mais au contraire, ça semblait même s'aggraver. C'était comme si l'angoisse n'avait pas de fond, pas de sol, pas de limites. Elle était en perpétuelle expansion, comme l'univers. Un univers maléfique et malfaisant, sauf qu'au lieu d'être dans le ciel il était dans ma tête. Je n'osais plus bouger d'un pouce, par peur de déclencher une catastrophe interplanétaire, une catastrophe comme l'humanité n'en a jamais connu.

Il ne me restait plus que deux options : boire un coup, ou me trancher les veines. J'ai été chercher la bouteille de rhum, qui grâce à Dieu se trouvait exactement à l'endroit où je l'avais planquée, et je l'ai dégommée comme un morfal. Quasiment cul sec. Une fois la picole dans mon sang, je me suis senti mieux, beaucoup mieux. Libéré. J'ai compris que dorénavant l'alcool serait, à la fois, mon poison et mon antidote. J'étais le bourreau et la victime, le sacrificateur et le sacrifié. Un prisonnier cajolant ses chaînes, un pendu embrassant sa corde.

J'me suis pas magné pour torcher le reste de la bouteille, j'ai savouré chaque gorgée. J'me prenais pour un expert en œnologie, sauf que c'était pas d'la vinasse que je dégustais, mais un rhum ambré 40 degrés. La bouteille vidée, je l'ai claquée contre un des murs du hangar, elle a explosé en mille éclats, les débris se sont éparpillés un peu partout sur le sol. C'était la délivrance.

Avant de me mettre au travail, j'ai pris le temps d'observer la plantation et j'ai remarqué que la plante dans laquelle j'avais pris l'habitude de pisser faisait pitié. Par rapport aux autres pieds de beuh qui resplendissaient de couleurs vives et chatoyantes, le pauvre plant faisait franchement grise mine. Ses têtes étaient toutes noires, ses branches maigrelettes et ses feuilles, très pâles, étaient aussi minces que du papier à cigarettes. Si Alain voit ça, me suis-je dit, il va pas être d'accord, il va encore me casser les cojones pendant trois heures d'affilée. Il voudra savoir pourquoi la plante est toute niquée. Mieux vaut déraciner le pied, le foutre dans un sac-poubelle et balancer tout ça aux ordures. Il y verra que du feu... De toute façon, y a tellement de plants à récolter, qu'un de plus, un de moins, ça ne changera rien à l'équation, il ne s'en apercevra même pas. Faut juste que je fasse ça bien, que je ne laisse aucune trace et, à coup sûr, ça passera crème... Après avoir réfléchi dix minutes sur la meilleure façon de m'y prendre, j'ai décidé de laisser parler mon instinct et d'y aller à la barbare.

Le rhum me suggère alors d'attraper le pied de beuh à la base. Je l'agrippe bien fort et je tire dessus. Les racines sont plus coriaces que ce que j'pensais. Elles résistent. J'ai beau y mettre toutes mes forces, la plante ne bouge pas d'un pouce. Alors, je lâche la bête, je crache dans les paumes de mes mains et je les frotte l'une contre l'autre, histoire que ça accroche davantage... Je me courbe bien comme il faut, j'empoigne à nouveau la plante et je bloque le pot de terre entre mes pieds. Dans un suprême effort, je projette tout mon corps vers l'arrière. Là, ça fait un grand « crac ! »... La plante cède. En s'arrachant brutalement de la terre, elle me déséquilibre et m'emporte. Je chancelle, je vacille, je me prends les pieds dans les fils électriques, je bute contre le ventilateur, percute le générateur, et je finis par me vautrer sur les jerricans. Les bidons se renversent et l'essence se déverse partout dans la tente. Tout va très vite. C'est comme un raz-de-marée qui déferle et qui finit par atteindre les bougies (d'habitude, je les pose sur une soucoupe pour qu'elles ne soient pas à même le sol, mais dans la précipitation je n'y ai pas pensé). Les chandelles se couchent l'une après l'autre comme des dominos.

C'est fou, à quel point les flammes ça peut paraître vivant lorsque ça s'anime. Ça a commencé léger, puis ça a gagné en consistance. C'est d'abord les plantes dans le fond de la tente qui ont flambé, puis le feu s'est propagé à toutes les autres plantes, jusqu'à atteindre la tente elle-même. En quelques secondes seulement, les flammes formaient une véritable montagne de feu. J'étais assailli de partout. La fumée commençait déjà à m'aveugler, j'étais triphasé, je ne comprenais plus rien, ça allait beaucoup trop vite, la putain de forêt tropicale se muait, sous mes yeux, en véritable brasier. Les feuilles, les têtes, les branches, tout s'embrasait, tout se calcinait, c'était l'enfer, c'était un cauchemar, et moi j'étais là, comme un débile, planté au milieu de la fournaise, traumatisé, incapable de me mouvoir, incapable de réagir. J'avais les jambes scotchées, clouées au sol, j'observais les flammes s'épaissir, se chevaucher, prendre en volume, gagner en consistance, se nourrir les unes les autres. À la vérité, ça me fascinait terriblement, c'était un spectacle de toute grandeur, c'était vertigineux. Du jaune, du rouge, du bleu, les couleurs se surpassaient pour m'éblouir, c'était une explosion de lueurs vives, ça m'aveuglait tant c'était sublime.

Ah ! Comme je comprenais Néron, je l'enviais même, quel fabuleux spectacle ç'avait dû être.

D'un coup, j'ai eu atrocement chaud, pire même qu'au hammam, je sentais la peau de mon visage se craqueler, se carboniser, se fissurer. Les flammes me caressaient de si près que, si je ne m'étais pas bougé, à ce moment-là, je me serais assurément transformé en torche humaine. Mon instinct de survie a alors pris le dessus. Mes jambes m'obéissaient enfin. J'ai couru et me suis retrouvé dehors, en sécurité.

C'est bizarre, mais, dès que j'ai été à l'abri des flammes, la première personne à laquelle j'ai pensé, c'est ma daronne, ma maman. Putain, j'aurais tout donné pour être à ses côtés, juste là, niché sous son sein, blotti contre son corps chaud, j'aurais voulu disparaître, me fondre et retourner en elle.

La deuxième personne à laquelle j'ai pensé, évidemment, c'est Alain. Cette fois-ci, c'en était fini de moi, j'avais définitivement signé mon arrêt de mort. Toute la plantation partie en fumée, le matériel totalement désintégré, des milliers et des milliers d'euros d'investissement réduits en cendres. En un sens, je regrettais que le feu ne m'ait pas dévoré, moi aussi. Ça aurait certainement arrangé tout le monde, et quand je dis tout le monde, je parle aussi de moi. Cela dit, il n'était pas trop tard. La combustion était à son paroxysme, les flammes faisaient plusieurs mètres de hauteur, elles se croisaient, se rejoignaient, redoublaient, chacune donnant toujours plus de force à sa voisine. C'était le moment idéal, le moment ou jamais. Je pouvais toujours courir, les yeux fermés, et me jeter, tête la première, au beau milieu de l'incendie.

J'ai longtemps hésité… Puis j'ai senti une autre idée naître en moi, un projet beaucoup moins douloureux et beaucoup plus raisonnable. Fallait absolument que j'aille voir ma mère, fallait, sans me poser de questions, que je retourne chez moi. Merde ! Après tout, où j'aurais pu aller sinon ? C'était là-bas que je serais le plus à l'abri, dans ma maison, entouré des miens. J'étais presque certain qu'Alain ne connaissait pas l'adresse de mes darons, je n'étais même pas sûr qu'il sache mes véritables nom et prénom, il avait passé tout son temps à m'appeler l'artiste.

Alors, j'ai couru. J'ai couru aussi vite que j'ai pu. J'ai cavalé tout droit. Toujours tout droit. Sans me poser de questions et sans me retourner. J'ai traversé des campagnes ; j'ai traversé des villes. J'ai galopé toute la nuit, et encore le matin. J'ai pris des bus sans savoir où ils me conduisaient. J'ai été de rue en rue, de quartier en quartier. J'ai marché, j'ai filé. Peu m'importait où j'allais, une seule chose comptait, ne plus m'arrêter. Jamais. Il m'arrivait de demander ma route, à gauche, à droite, aux conducteurs et aux voyageurs… Parfois, je prenais le bus qu'ils m'indiquaient, parfois j'en prenais un autre. J'ai erré longtemps, retardant ainsi le moment où je me retrouverais chez mes darons. Me pointer chez eux comme une fleur était impossible, je le savais. J'allais devoir m'expliquer, rendre des comptes. Pourquoi étais-je parti ? Où avais-je disparu pendant tout ce temps, ce temps où j'avais tant fait pleurer ma mère ? Mon père m'accepterait-il à nouveau chez lui ? J'ai un moment pensé faire demi-tour, retourner voir Alain... Lui raconter ce qu'il s'était passé, lui dire que c'était pas de ma faute, que c'était une terrible poisse, le genre de poisse qui aurait pu arriver à n'importe qui... Mais j'ai renoncé. Entre Alain et mon daron, je préférais, de loin, affronter mon daron.

Un jour, enfin, je suis arrivé dans le quartier de mes parents. Je me suis retourné et j'ai regardé derrière moi. J'étais à des kilomètres du Hannut d'Alain Basile. Je ne risquais plus rien, j'étais hors de danger. Personne n'avait une vue assez perçante pour me voir d'aussi loin...

La porte de la maison était ouverte, comme toujours.

Alors que je m'apprêtais à rentrer chez moi, j'ai senti une ombre se glisser dans mon dos. J'pensais déjà que c'était des ninjas, envoyés par Alain pour me caner. J'me suis retourné en sursaut, et là j'ai failli m'évanouir. J'en croyais pas mes yeux. C'était Ourkiya, la femme d'Alain Basile. Merde ! Qu'est-ce qu'elle foutait là ? Mon cerveau tournait à toute blinde, il passait en revue tous les scénarios possibles. Ah ! j'me disais, elle est venue en repérage, les pourritures ont remonté mon adresse, j'suis foutu. Va falloir que j'aille jusqu'en Inde pour que ces enculés de Thénardier me foutent la paix.

— Tss ! Tss ! Alors, surpris jeune homme ? On n'imaginait pas me voir ici ?

Et comment que j'étais surpris ! La pister comme ça, sur le palier d'chez mes darons, ça m'avait foutu sur les rotules, je commençais à tourner de l'œil, j'étais livide, au trente-sixième sous-sol.

— Pas d'inquiétude ! Pas d'inquiétude ! C'est pas c'que vous croyez... Si j'suis ici, c'est de ma propre initiative... Alain n'est pas au courant d'ma petite visite... Lorsqu'on s'est croisés, la fois dernière, à l'épicerie, il m'semblait bien que je vous connaissais... Seulement, j'ai pas fait le rapprochement tout de suite, c'est quelques jours plus tard que ça m'est revenu. J'ai habité autrefois le quartier, quand vous n'étiez encore qu'un enfant... J'ai bien connu votre famille. On était voisins à l'époque, juste avant que je rencontre Alain.

J'étais rincé. Je maudissais le monde d'être si petit. Je savais plus quoi penser, j'étais cloué sur place. J'avais qu'une envie, c'était d'me débiner à toute blinde, j'y croyais pas à ses salades, sûr qu'elle était là en éclaireur, qu'elle essayait d'me faire patienter le temps qu'Alain rapplique.

Au moment où j'allais prendre mes jambes à mon cou, elle a plongé la main dans son sac et en a ressorti un papier chiffonné.

— Tenez, c'est à vous, je vous le rends.

J'ai pris le papier et je l'ai lu en diagonale. C'était la lettre que je lui avais écrite de la part d'Alain.

— J'ai tout de suite su que vous étiez l'auteur de cette lettre, m'a-t-elle dit. Comment mon empaffé de mari aurait pu écrire de cette manière ? Il sait à peine épeler son prénom...

Je savais pas quoi lui dire, j'me demandais surtout si elle était au courant pour l'incendie, si Alain lui en avait parlé, s'il me cherchait partout comme j'le pensais. Dans un élan d'enthousiasme, j'me disais que peut-être elle avait intercédé en ma faveur, qu'elle avait réussi à le calmer, à retarder ou même carrément à juguler son envie d'me trucider. Mais j'ai pas osé la questionner.

— Merci, merci... j'ai bafouillé.

— Vous savez, moi, c'que j'pense c'est que « là-bas », il n'y a rien pour vous. Quand on a du talent, le pire péché, c'est de le gâcher.

En disant « là-bas », elle a tendu son bras et m'a montré la rue.

— Voilà, elle a continué, j'ai dit c'que j'avais à vous dire, il est temps pour moi de m'en aller.

Comme je ne savais toujours pas quoi répondre, je lui ai demandé où elle s'en allait... C'est débile comme question, je sais, mais c'est la première qui m'est venue...

— Moi ? elle a fait en soupirant. Je m'en vais là où est ma place... au côté de mon mari... Après tout, que pourrais-je faire d'autre ? Alain représente tout ce que j'ai. Et puis il n'a pas que des mauvais côtés. Faut juste savoir le prendre... c'est tout...

Comme elle a vu que j'me décomposais, elle a ajouté :

— Soyez sans crainte, je ne lui donnerai pas votre adresse... Vous avez ma parole.

Elle a prononcé ces mots d'un air solennel et dépité, comme si elle-même ne croyait pas à ce qu'elle venait de dire. Elle était comme toutes ces femmes qui surfent sur les vagues de leur premier amour. Alain, c'était sûr qu'elle l'aimait encore, mais uniquement à travers sa mémoire, à travers son souvenir.

Puis elle a souri, tourné la tête, et s'en est allée vers

« là-bas », là d'où je revenais, et là où il n'y avait plus rien pour moi… dans la rue.

Je l'ai regardée longtemps s'éloigner. Elle marchait d'un pas sec et rapide, sans jamais se retourner, puis, au bout d'un moment, son long voile s'est confondu dans le bleu du ciel. Elle a disparu dans les nuages ; plus jamais je ne l'ai revue.

J'ai trouvé ma mère dans le salon. Elle repassait les bleus de travail de mon père. Quand elle m'a vu, elle m'a regardé à deux fois, puis m'a juste demandé si j'allais bien. J'ai dit oui. J'aurais voulu lui confier à quel point elle m'avait manqué, à quel point j'étais content de la voir. J'aurais voulu la prendre dans mes bras, la serrer très fort contre moi, verser toutes les larmes de mon corps au creux de son cou… Mais j'en étais incapable. La gêne me paralysait ; la honte m'accablait. Le silence entre nous s'est installé, glacial. Au bout de quelques minutes, ma mère m'a dit que mon père était au boulot, il faisait de cinq à une. J'ai regardé la grosse pendule au-dessus de la télévision, il était 11 heures.

Alors, je suis monté dans ma chambre. Là, rien n'avait bougé : les mêmes posters accrochés au mur, le même bureau de bois clair sur lequel je m'étais évertué à apprendre mes tables de multiplication, la même bibliothèque croulant sous les livres que j'avais lus et relus des dizaines de fois, souvenirs d'une époque bénie où, comme disait ma mère, j'avais « des facilités pour tout ». Mon ancienne vie n'avait pas pris une ride. Je me suis effondré sur mon lit et j'ai pleuré en pensant à tout ce que j'avais gâché, conscient que mon plus grand talent était de foutre

en l'air, de détruire, de pulvériser tout ce qu'on pla-
çait entre mes mains.

Après avoir plongé quelques heures dans un sommeil sans rêve, je me suis réveillé en sursaut. Je me
suis levé et j'ai plaqué l'oreille contre la porte. Mon
père était là... Je l'entendais gueuler à travers les
parois de la baraque, je ne saisissais pas exactement ce
qu'il disait, mais j'étais certain que ça me concernait.
Il attendait que je descende pour m'agonir, c'était
simple, une fois qu'il me mettrait la main dessus,
j'aurais bon.

Je suis retourné m'asseoir sur le page, en me jurant
de ne plus jamais sortir de ma chambre. Assis sur
mon plumard, j'ai laissé mon regard balayer la pièce.
Mon sac à dos, que j'avais juste eu le temps d'attraper avant de déserter le hangar, était posé par terre.
Je l'ai pris et je l'ai secoué pour en vider le contenu.
Des dizaines de bouts de papier sont tombés et se
sont éparpillés sur le parquet. C'était tout ce que
j'avais écrit ces derniers mois. J'ai lu chacun des
textes dans leur intégralité. Quand j'ai eu fini, je suis
resté longtemps assis, à méditer sur tout ce que je
venais de relire. Et soudain, je me suis levé. J'ai pris
un bloc de papier, un crayon et, sur la page encore
blanche, une première phrase est venue se poser :
« Des mecs comme Alain Basile, j'peux vous le certifier, on n'en croise pas tous les jours. Et pas à tous
les coins de rue... »

REMERCIEMENTS

Merci à tous les clients du Parvis. À tous les frères de Roubaix et des alentours, cette histoire c'est la vôtre, c'est la nôtre.

Merci à Karim Laouadi, Arnaud Mary et Denis Baronnet de m'avoir supporté pendant les longs mois que dura l'écriture de ce roman.

Merci à Karine Tuil pour sa bienveillance et ses précieux conseils. Je suis, à jamais, votre obligé.

Merci à Véronique Cardi pour la confiance qu'elle m'a accordée en me publiant dans sa maison d'édition.

Merci à mon éditeur, mon poto, le Midas de la littérature : Mahir Guven. Merci d'avoir cru en moi, quand moi-même je n'y croyais plus.

Merci à ma mère et à mon père. À mes deux sœurs : Ines et Safia.

Merci à moi-même d'avoir tenu bon jusqu'au bout. On l'a fait, vieux, on l'a fait.

Le Livre de Poche s'engage pour
l'environnement en réduisant
l'empreinte carbone de ses livres.
Celle de cet exemplaire est de :
350 g éq. CO_2
Rendez-vous sur
www.livredepoche-durable.fr

PAPIER À BASE DE
FIBRES CERTIFIÉES

Composition réalisée par NORD COMPO

Achevé d'imprimer en France par
CPI BRODARD & TAUPIN (72200 La Flèche)
en août 2022
N° d'impression : 3049335
Dépôt légal 1re publication : août 2022
LIBRAIRIE GÉNÉRALE FRANÇAISE
21, rue du Montparnasse – 75298 Paris Cedex 06

65/8197/8